Philippe Sollers

PARADIS 2

Gallimard

Philippe Sollers est né à Bordeaux. Son premier roman, *Une curieuse solitude*, publié en 1958, a été salué à la fois par Mauriac et par Aragon. Il reçoit en 1961 le prix Médicis pour *Le Parc*. Il fonde la revue et la collection *Tel quel* en 1960. Puis la revue et la collection *L'Infini*, en 1983.

soleil voix lumière écho des lumières soleil
cœur lumière rouleau des lumières moi dessous
dessous maintenant toujours plus dessous par-
dessous toujours plus dérobé plus caché de plus
en plus replié discret sans cesse en train d'écouter de s'en aller de couler de tourner monter
s'imprimer voler soleil cœur point cœur point
de cœur passant par le cœur il va falloir rester
réveillé maintenant absolument réveillé volonté
rentrée répétée le temps de quitter ce cœur simplement le temps qu'il se mette enfin comme il
voudra quand il voudra de la dure ou douce
façon qu'il voudra bien peu de choses en vérité
n'est-ce pas poussière de poussière bien peu très
très peu comme on exagère comme on a tendance à grossir tout ça moi-moi-moi en vérité
presque rien côtoiement d'illusion couverture du
cœur d'illusion aujourd'hui j'écris aujourd'hui et
aujourd'hui j'écris le cœur d'aujourd'hui et hier
j'écrivais aujourd'hui et demain j'écrirai

aujourd'hui c'est vraiment aujourd'hui et rien qu'aujourd'hui on devrait l'écrire aujournuit différente manière d'être à jour en suivant ses nuits dans la nuit salle de séjour noire bleue blanche j'attends le vide à sa tranche qu'il décide ou non de bouger de claquer si je reste comme ça réveillé le coup va venir c'est fini le coup va revenir cette fois vraiment c'est fini un deux trois pas tout à fait trois et de nouveau un deux et puis trois on est au cœur du cœur maintenant dans le cœur du cœur battant se taisant c'est lui qui creuse c'est lui qui poursuit c'est lui qui sait ce qu'il faut savoir pour continuer dans la nuit on n'ira jamais assez vite pour coïncider avec lui pour rejoindre son instinct fibré sa folie un muscle dites-vous seulement un muscle au fond d'après vous soleil cœur voix cœur germe en lui de lui tout en lui voilà le vent s'est levé de nouveau maintenant et je suis là de nouveau comme écrivant le temps de nouveau comme si le temps pouvait n'être rien d'autre que des lignes recoupant des lignes à la ligne là comme au bout du monde ne tenant plus que par un bout de bord à ce monde droites diagonales angles cadrans demi-cercles rayons revenant au centre cours des astres reflétés comme ça par le centre danse en cours avec moi reflet du dan- seur dans la nuit moi spectre et moi poison d'ombre moi squelette abstrait mangé par son ombre pas tout à fait cependant pas encore tout

à fait déclic sursaut nerfs juste assez pour tracer
conduit ce qui suit voilà on y va le concert
reprend sa cadence joie joie voilà c'est reparti
ça se suit en effet un important groupe de
taches s'étendant sur près de 300 000 kilomètres
se déplace en direction du centre du disque
solaire selon un observatoire de rhénanie-west-
phalie elles devraient l'atteindre le 8 ou le
9 avril et ce phénomène qui pourrait perturber
l'atmosphère terrestre est une des conséquences de la formidable activité que le soleil
connaîtra au cours de l'année elle entraînera
cette activité un comble de nervosité d'inexplicables fatigues des dissolutions dépressions
décompositions des morts anticipées convoitées
brusquées un supplément de crime de frime des
séparations guerres convulsions récriminations
falsifications dissimulations leucémisations can-
cérisations expulsions bref un état général de
crible agité en nœud du tissu rongé des ponc-
tions une frénésie négation des apoplexies
pleins poumons des attaques et des contre-
attaques rupture de vaisseaux inondation des
cervons disjonction des systèmes nervons déhan-
chements fanatiques rafales d'antibiotiques et
puis faim et soif et bile et surtout faim et soif à
partir du foie dans sa bile matriciation omnibile
dans sa tellurique omnubilation que doit faire le
narrateur pendant ce temps d'abord s'adresser
un signe de complicité dans la glace un clin

d'œil légère grimace en effet son temps est venu plus vite que prévu mais exactement comme il l'avait prévu comme il s'en était prévenu c'est comme si c'était de lui à présent ce fou monde se montrant à fond coup de sonde comme s'il en avait écrit la partition prédiction les voilà cette fois cravatés en vol par la chose c'est comme s'il fallait passer à la science-fiction maintenant pour décrire la fonction stagnation bubon de la chose son sur-place explosif ambiant son catastrophique invariant il faut la durcir encore cette plume cette petite touche à l'enclume pour frapper là le rouleau bleuté qui s'en va l'enregistrement du sharma l'enchevê- trement du sabbat et au-delà de ça toujours au- delà le point vide acteur qui s'y pense qui s'y valse et pense et repense tiens c'était donc moi en train d'être celui-là loin de moi occupé dis- trait à jouer à toi et à moi décidément je l'aurai attendu longtemps ma vision soufflée en ce monde moment soulevant mon exode à froid dans la monde j'aurai été patient finalement dans ce corps fragment boue du monde bouée amarrée flottée ballottée respirant bloquée tourniquet voyons ça maintenant que les choses sont devenues sérieuses furieuses voyons ça d'un peu près avant de quitter crevé le procès les mondes enfin ce qu'on est obligé d'appeler comme ça dans les mondes sont donc au fémi- nin c'est la monde absolument intrinsèquement goulûment obséquieusement funéraillement variqueusement platement et secrètement ravalant l'épargne de son logement l'ammonde c'est le dieu des dieux moulé monde la seule vraie valeur en ce monde c'est-à-dire le faux né du faux enclenchant le faux dans le faux mécaniquement machinalement règlement faux d'emblée faux chiffré faux dissimulé contracté plaqué supposé automatisé soudé obturé jalousement suturé passionnellement camouflé la monde c'est la vérité refermée ventre chaud gelé dans sa tombe faux-jour du faux ciel faux parcours nature sous le ciel et l'ammonde se tient sur la monde avec son faux soleil revenant chaque jour pressant son nouveau soleil faux soleil sa faux décapitant l'hors-soleil pour reprendre en main le soleil et la monde se sent bien comme ça tournant dans sa monde incarmanation ras-du-monde loi disque fléau cornes rondes et tout ça se ressent très bien plomb soleil avec un grand plaisir de souffrir comme ça d'alourdir de pouvoir grossir abrutir fixer solidifier fasciner boursoufler faire baver sans fin le néchet le crouper dans son modelé le reprendre en baffe agonique le trouer le refaire biber le pétrir d'effroi le bercer l'allumer puis le pétrifier l'assourdir puis le calciner lui ouvrir des yeux des oreilles puis les effacer gommés du glaisé elle aime ça la monde à l'ammonde que ça vienne se tasser en elle se multiplier se refaire

petit tout pitié que ça mouille de besoin crié de
peur de sueur d'aigreur d'épouvante idiote
amassée elle aime bien ça la mammonde le filin
cardé à la chaîne le coulage en tresse à la traîne
c'est rimmémorial ça c'est royal c'est infiniment
surfatal regardez comme ils sont résignés dres-
sés bien pliés attentifs poussifs dépressifs ou
bien piqués d'euphorie désireux ambitieux
vicieux périodiquement séditieux ça suit son
cours allez rien à craindre c'est toujours la
même affre à peindre rien de neuf sous la voûte
en creux sous la grande copieuse à gâteux mer
mirage gonflant ses tirages best seller bâclé
radoteux il y aurait donc au moins deux soleils
un faux un tout à fait faux éclairant la fosse à
milliards et un vrai comme ça éclipsé volé
entrevu de loin par hasard aton contre ammon
heliopolis contre thèbes lumière à ténèbres
contre lumière sans ténèbres saint des saints
caché à mystères contre trou de feu sans mystère cycle obscur célébré réglé contre clarté
révélée ça se joue cœur contre cœur et nom
contre nom surnom contre surnom dans
l'énorme bagarre du sans-nom il y a eu là
n'est-ce pas un événement incroyable inclas-
sable incommensurable un tremblement redoutable une révolution mémorable dont l'écho
parvient jusqu'à nous oh mais très affaibli très
soumis martelé sourd détourné maudit quelle
censure pointée nom de dieu quel effort serré

sous ceinture quel trouble quelle bavure il y aurait donc un lapsus dans l'économie une faute de typographie un petit détail endormi quelque chose d'inquiet là de perdu semé dans les phrases il y aurait une allusion à la base mais très surveillée hein bouclée droguée bâillonnée indéfiniment momifiée un secret d'état du filet mot de passe échoué dans la vase peut-être peut-être c'est une possibilité du passé pour l'instant on va surtout se mettre à dormir hein pendant que l'histoire dehors s'accélère on va fermer les rideaux une fois de plus s'allonger une fois de plus essayer de ne plus penser de ne plus ruminer les vieilles histoires de pensée on va dormir on va s'endormir on va passer son temps à dormir mon sommeil c'est ma liberté point de cœur léger du léger et puis on va aussi tenter de rester réveillé comme si on planait au-dessus de soi hein sans dormir comme une feuille au-dessus du ciel de la monde comme une feuille arrachée à la spirale en fer de la monde il y a un dehors de mort maintenant sans arrêt un déluge de mort engrossé un jugement un décollement un rassemblement ténébrant et puis un mince dedans ravageant minuscule vivant du dedans petite arche à crâne abmosphère œil ouvert comme ça pour l'instant le problème est là est-ce que le petit dedans a un répondant au-delà du dehors si grand si puissant y a-t-il un dehors du dehors qui entend le petit dedans

balbutiant est-ce qu'il y a un pont un canal un
pointillé latéral un souterrain une corde une
échelle glissée sous la corde un escalier trans-
cendant un ascenseur immanent une écoute
profundis deo un capteur fréquence radio un
correspondant au courant c'est peu probable
c'est extrêmement improbable et pourtant on
ne peut pas lui dire vraiment ça au petit dedans
combattant après tout on n'en sait rien la
chimie n'est pas le coran pour le moment donc
le voilà qui meurt là sous nos yeux celui-là que
nous aimons qui nous aime il s'en va insensible-
ment fixement tuyaux tubes perfusions
machines comptant l'enfonçant caoutchouc
narine gorge bouche croûte sang abîmant la
bouche frissons soubresauts thorax pommettes
cernées tuméfiées main levée parfois pour chas-
ser l'insecte la bête enregistré analysé stimulé
scanné sondé palpé dosé surdosé calmants
désinfectants vitamine quinine morphine hystérie de la médecine terminus de l'effet vitrine la
science est la science et l'invisible matrice est sa
prêtresse en silence il faut que tout paraisse
rationnel naturel impersonnel fonctionnel réel
il faut bien montrer à quel point on tient le
modèle la mort est artificielle aujourd'hui la
naissance aussi et la monde aussi mermerci et
ainsi le secret des secrets est enfin étalé en plein
jour l'antique secret du faux-jour tout fumée
d'artifice depuis le début et d'ailleurs il n'y

a jamais eu de début simplement une maladie qui sait se soigner elle-même se reproduire elle-même en elle-même en amont d'ammonde en ammême voile masque bouteille oxygène aspiration polygène rhapsodie de l'entourlougène pendant qu'ils se croient eux devant possédants ainsi va la vie maladie plaie de l'ombre infectée des ombres ainsi va l'habit moisi sur moisi et lui là s'en allant dans l'autre lui-même transfusant son autre en lui-même lumière fièvre blottie du regard qui sait qui savait mouvement des lèvres pour dire merci merci chuchoté devant la prière qui monte pour lui en secret au nom du père et du fils et du saint-esprit au nom de la puissance du nom et du pardon rémission au nom du souffle de résurrection c'est un jour gris bouché déserté tristesse des blocs des couloirs tristesse des cours des parloirs on dirait une seule morgue maintenant la ville en activité immeubles voitures visages fermés pourriture et lui là maintenant tassé dans son cercueil à visser menton affaissé amer barré de l'échec amer mais le front comme envolé au contraire transparent lavé renvoyé double nature conflit des deux sens contraires comme autrefois les deux anges à la tête aux pieds l'un blanc l'autre noir ouvrant chacun son tiroir l'un pureté noblesse sensibilité vérité l'autre plaisirs paresse perversion lourdeur vanité bataille des deux forces égales presque égales règlement de compte animal je les vois là se disputant discutant produisant leurs preuves en luttant qu'il est terrible le jour de iahvé qu'il est caché falsifié comme il frappe sans s'annoncer mise en bière pelletée lancée caveau pierre poussière sur poussière ma prière a-t-elle été exaucée oui le lendemain juste avant le réveil je le vois rapidement geste de la main clin d'œil à lumière il s'éclipse rebord de lumière sourire dans la remontée dissipée c'est très mystèrieux non ces révélations d'intervalles visions fragments de visions ourlets voilés d'auditions allusions fuyantes montantes danse fine de compréhension au réveil presque toujours au réveil quand les deux faux corps se quittent s'ébruitent quand on frôle en soi la limite comme si le vertical descendait comme si la colonne sonnait comme si la roue se montrait la grande noria la roulante transvasant comme ça intouchable allable inlassable les parcelles sauvées du créé tout ça en éclair chaque fois vol rapide sensation très longue image brève imprégnation longue profonde ce n'est pas le même corps qui voit qui conçoit ce n'est pas le même état qui vit qui perçoit ce n'est pas le même moi de chaque côté des frontières chacun sa langue ses membres sa respiration sa lisière on est deux on est mélangé dans le deux on n'a pas les mêmes yeux on n'a pas les mêmes oreilles pour deux l'un là fabriqué falsé dans la monde avec pour loi dans la monde d'être son appendice soumis son mini-porteur ouistiti son refournisseur de sanie l'autre au contraire généré sans fin hors des mondes plus fin que tous les mondes en démonde là où il n'y a plus rien moins que rien tourbillon musique parfums courbe absente dépression chantante chauffante comment faire pour ne plus être séparé de ce moi là-bas par-delà de son insistance en moi d'autre moi voilà ça recommence le tir de barrage voilà ça reprend raclé dans la rage et la résistance et la malveillance et la dissonance et la médisance le dossier vengeance et la somnolence la psychomanie greffée sur l'engeance et l'intolérance dans son ignorance les interférences et les turbulences les stridences et les remontrances et les véhémences les incohérences voilà ça s'agite ça se précipite ça menace crépite s'irrite ça rameute ses parasites ça se groupe hou ça se troupe la jujupe ambiante à voilante on ne passe pas on n'abandonne pas sa monde comme ça on ne doit pas on ne permet pas c'est abominable de fourrer son doigt dans la voix de se pénétrer la gorge à la voix au secours maman il nous plante il nous fait le coup des septante il sort de l'arène il nous prend la tour à la reine au secours au secours le théâtre brûle il l'emmène tout nous dégringole dessus les cintres les projecteurs les pions les tissus l'aération les toilettes la caisse les loges le bar les issues au secours il parle au secours il

court dans sa parle au secours au secours il se
verbe en soi la déparle ça lui vient d'où ça lui
revient d'où cette espèce de don par-dessous
cette ivresse outrée à l'atout comment fait-il que
mange-t-il que boit-il est-il seulement pensable
qu'il surmonte le croc sex-appeal de quelle
façon dort-il chie-t-il baise-t-il qu'est-ce que c'est
ce style érectile volatil subtil vibratile ce fébrile
viril sur le gril ce reptile dans les évangiles cet
ainsi soit-il volubile dénombril mobile en faufile
ce bacille exempté du nil ce fissile cet horripile
c'est inouï non qu'on ne sache toujours pas de
quoi il s'agit c'est quand même énorme infini
c'est quand même insensé de se dire que ça
continue jour et nuit qu'on dorme qu'on soit
réveillé qu'on soit levé ou couché qu'on soit
concentré distrait abattu déprimé très gai peu
importe les coordonnées perceptions d'idées de
pensée peu importe les philosophies science
histoire sociétés partis peu importe les appétits
les complots la bourse les prix voilà ça n'arrête
pas c'est là depuis que c'est là midi minuit midi-
nuit minuté dans son minidit regardez-moi ça
cette eau-forte têtes mortes cohorte à la morte
écoutez-moi ça direct dans l'aorte c'est le cœur
des cœurs foyer veine-corte le croissant la
sublime porte soleil cœur point cœur point de
cœur passant par le cœur ici ici rien qu'ici pour
la première fois écrit rien qu'ici or à présent il
s'agit de démêler ce que ça veut dire que ce soit

écrit par ici pourquoi moi toujours moi encore
une fois moi-moi par ici vous croyez entrer vous
n'arrivez pas à entrer vous tâtonnez vous ânon-
nez vous hésitez vous calez vous avez la sensation d'avancer vous pensez avoir fini avant
même d'avoir commencé et pourtant vous
n'êtes pas chez vous ici dans les lettres petits garçons filles courbés sous les lettres toujours
remoisis moités lettres petits mots coincés
maman-lettre elle est là béante engageante elle
vous fait le coup la géante elle vous tient raidie
l'entrepli elle est boîte anale animale elle
s'emboîte omphalnouménale elle se terre dans
son alphabie quant à moi désolé c'est fini le
stage forcé dans les lettres je n'y morne plus
dans les lettres terminé le calcul sexé à la lettre
je parle au-delà je vous parle vraiment d'au-delà
comme c'est fou pas vrai de se retrouver flottant
hors des lettres c'est-à-dire des corps des ren-
corps de la forme à mort acharnée à nouer ses
corps comme ils la croient comme ils y croient
comme ils y sont croix qu'ils sont là qu'ils sont
bien chez eux sur leur tas comme ils l'entre-
voient leur pseudo-passage à vidage leur microscopique sillage leur néant bordé flagada ô dieu
quel ennui d'être encore ici soumis aux lois de
l'ici pesanteur douleur malheur des lenteurs
jusqu'au jour où j'irai moi aussi me coucher me
ronger m'effondrer dans le trafalqué me plier
me casser me dissoudre en poudre exaltée jus-

tesse du mot cercueil appel des forêts regard
coudé des ramures défilé marée bois funèbre
quelle chute nervure des ténèbres le cerf contre
le serpent vieux combat mythique hermétique
cerf cueillant serpent l'avalant cerf détectant
serpent l'inondant le naseautant le sabotant
l'aspirant coup d'œil vitesse et souplesse le cerf
bande plus que l'âne en peau d'âne il biche
mieux vipère en chamane il est plus vicieux plus
sûr plus robur il est plus fumant dans l'havane il
sait tout sur l'entrée morgane il les connaît
toutes nymphes chouettes sorcières princesses
fées poupées traînées salomées il en a la science
en fourrés c'est chez lui qu'elles passent les lun-
dis après les congrès ah la revoilà mais oui c'est
loulou la revoilà la revoilà on ne s'en débarrasse
pas comme ça la revoilà crème à colle écho péri-
chole frisotté mielleuse allumeuse avec son boa
ses gazes son déshabillé d'organza sa leçon par
cœur son appaparent désarroi pauvre docteur
encore une consultation gratuite pour
s'entendre dire qu'il est sage qu'il a tout
compris mais qu'il comprendra davantage
quand il comprendra qu'elle comprend avant
même qu'il ait compris qu'elle comprend résigné il regarde la nappe brodée qui recouvre la
table de travail de son cabinet où des cerfs
images papillons de la liberté galopent dans les
halliers pensant rapidement à isaïe 35 6 alors se
dessilleront les yeux des aveugles alors les

oreilles des sourds s'ouvriront alors le boiteux
bondira comme un cerf la langue du muet
criera sa joie parce qu'auront jailli les eaux dans
le désert et les torrents dans la steppe pendant
qu'elle lui parle une fois de plus de cette histoire de constipation suppositoire ricin paraf-
fine lactobyl lavement brûlure dans les reins
bref le malentendu global comme d'habitude
d'un côté manie spéculite de l'autre paquet cel-
lulite d'un côté c'est lui c'est lui c'est pas moi
de l'autre c'est vous c'est vous c'est donc moi
encore l'impasse l'éternel écueil des espaces la
serrure serrée serrouillée eh tant pis il ne fallait
pas venir dans l'étendue c'est foutu tant pis tant
pis vous n'aviez qu'à pas vous faire tamponner
le nunu une fois le vin tiré faut le boire une fois
né faut tourner fourbu dans la foire bing les
totos rouges contre les totos bleues bing bong
bang rebing à la fête de l'hymanité sans
mémoire la vieille membrane est plus forte que
les membrés d'âne la sacrée pelure tient bon
sous les vannes elle reste immacule en passoire
ni vue ni connue plein sous-entendu sous rébus
en vérité en vérité il ne se passe rien personne
n'est encore entré dans le rien personne n'a osé
montrer à quel point nous respirons rien dans
le rien colères justifications pleurs souffrances
adieu romances adieu cadences adieu adieu tal-
kie-walkie déjà-dit adieu l'ardent sanglot qui
roule d'âge en âge et vient mourir au bord de

l'immense truquage adieu plumage ramages
modelages massages baisages adieu visages
adieu collages attention pas de bruit on va de
nouveau tenter la sortie premier acte tête en
avant dans la tête et puis retrait descendant vers
le cœur point de cœur passant par le cœur
deuxième acte arrêt des poumons envoi de la
respiration dans le nœud nerveux des talons
troisième acte retour au cerveau images pensées
mots ébauches de mots vidéo quatrième acte
ventre sexe et dessous du cul dans son sexe
remontée méningée vers le cervelet bulbé
d'illustré cinquième acte suspens ralentissement
réfraction du sang dans le sang plaine fraîche
courant dans les veines sixième acte rentrée des
antennes septième acte plongée ouf ça y est je
suis passé j'ai gagné mais quoi même pas un
cent millième de seconde intervalle en temps
du sans-temps fraction brisée sans mesure éva-
nouissement sous piqûre j'ai affaire à de drôles
de chiffres maintenant effrités mangés mal
notés difficiles atomes invisibles impossibles à
imprimer à classer même si j'arrive à tenir la
nuit quand je tombe en elle endormi comme si
je devenais le carbone où se double en creux le
récit je ne sais plus qui je suis je ne sais plus où
je suis je ne l'ai jamais su j'ai toujours fait semblant j'ai perdu ils l'ont deviné pour finir que je
n'étais pas dans leur trame dans leur transmis-
sion mélodame dans leur romantisme à la

gamme triples croches soupirs lunés révolus je n'y crois pas que voulez-vous qu'est-ce que j'y peux je n'y crois pas je n'y ai jamais cru je n'ai jamais pu jouer à leur jeu glorification de la merde en nécessité nature dieu planification d'épluchures logification de l'ordure dissimulation du cadavre aux nouveaux venus dans l'obtus ils arrivent ils ne sont pas prévenus ils tombent dans l'assemblée criminelle bien décidée à se venger sur eux à se rattraper sur eux de leur pus voilà ils font leur entrée dans les usa les utérus sataniques associés avant d'être pris en charge par l'urss l'utérus roulant socialoïdement stimulé ils sont immédiatement enregistrés numérotés contaminés tatoués bridés traumatiquement initiés magnétiquement conformés électriquement inscrits à l'ursas union de ravalement symbolique animiquement subluné donc salaire retraite assurée apprentissage du mini gigotage rechargeant le nerf de l'effet à partir de là distribution des traits personnalisés indices de perversions de névroses tickets de débilités de psychoses répartition des quotients sexuels nécessaires à la rutilation de la pile centrale entassée tout est prévu chacun a ses illusions son menu ses zones permises ses périphéries défendues chacun et chacune n'oublions pas les chacunes apparemment dominées par les chacuns masculins mais en réalité solidement à la barre de la grande lacune en sous-main ce qui fait que les chacuns féminins surveillent les chacunes à chacun et que ces dernières à travers leurs achats de plus en plus intestins transforment les chacuns masculins en chacunes figures matrées pour chacuns tous et toutes dans le même chac bandoulière cabas du machin étonnez-vous après ça que l'ensemble paraisse ambigu miroitant profond insoluble étonnez-vous qu'on s'y perde qu'on s'y pose sans fin des questions quelle caverne quelle hydre en caserne quel caveau de concentration maman où allons-nous au cimetière mon enfant surtout n'oublie pas tes affaires ta serviette ta mallette ton porte-documents tes lunettes ta carte d'identité ton permis de stationner ton argent pour quoi faire maman des pâtés encore des pâtés de plus en plus de pâtés n'oublie pas ton seau tes socquettes ta bouée ta pelle tes gants jusqu'à quand maman mais éternellement voyons mon enfant aussi longtemps qu'il y aura du temps dans le temps c'est-à-dire des règles et un testament dans les règles et un accomplissement réglé de ces règles comme la mécanique céleste n'arrête pas de le montrer d'ailleurs c'est flagrant lève les yeux petit incrédule regarde la voûte pendule nos orbites nos satellites nos météorites nos incomparables redites notre flux notre fleuve en crue à genoux petit têtu ridicule fais-nous ta prière adore ta mère la matière la damière mentière maratière veux-tu

obéir veux-tu bien cesser de mentir 5 décembre
1791 mozart meurt peu après une heure du
matin problème du requiem grosse affaire il
pleure en chantant le lacrymosa dies illa huit
mesures en suspens avant le coma requiem
aeternam dona eis domine comme si le repos
n'allait pas de soi de l'autre côté comme s'il fallait prier sans arrêt pour qu'il soit enfin assuré
l'éternité du repos quelle idée le repos dans
l'éternité sans repos en train de tourner dans les
éternités sans dépôts introïtus kyrie dies irae
tuba mirum rex tremendae recordare jesu pie
voici la créature fourmi négligeable jugée par
son roi majestueux redoutable confutatis male-
dictis les voilà démasqués précipités broyés
confusion grouillée décantée lux perpetua
luceat eis oui qu'ils soient baignés illuminés ber-
cés rose jaune fermant ses pétales tandis que le
reste descend à la cale horrifiant globoule d'ini-
quité ravalée lac de feu bolos fumeux de
l'infâme inutile de se demander à quoi ça ressemble c'est en vous que ça se rassemble en
vous rien qu'en vous dessous dessous sans fin
plus dessous par-dessous goutte à goutte dans le
filtre haineux du dessous poche creuset poreux
brassage en vrac des semences mélanges greffes
capharnaüm actif du silence brèves palpitations
de poissons reptations contorsions approxima-
tions je les vois parfois en plein jour entre mon
regard et moi comme un voile pourpre de

soufre comme un brusque effet de rideau tiré à travers les yeux défoncés je les vois je les entends avec leurs siècles leurs années leurs sabliers leurs plaies leurs damnés je les cardiogramme je les phallogramme j'ai en moi leur partition complète comme un long pupitre enterré ça m'arrive de plus en plus souvent maintenant dans le jardin sur la route le matin l'après-midi le soir à la dérobée ils sont là comprimés par vagues monodie polyphonie panphonie madrigaux motets chuchotis chaque vague comme un verset de son temps de sa vibration dans le temps parenthèse flaque en son temps ils sont là groupés aimantés depuis le début sans date jusqu'à aujourd'hui avec date mais qu'est-ce qu'aujourd'hui dans cet état-là sans repli je pourrais en isoler des fragments en faire parler des moments de l'intérieur même où ils se sont parlé eux-mêmes en eux-mêmes qu'est-ce qu'ils ont cru qu'est-ce qu'ils ont vécu qu'est-ce qu'ils ont dit vu entendu rien presque rien c'est ahurissant tout ça réduit à un point grain de riz dans l'abîme en gueule et sa faim comment voulez-vous nourrir la durée entière avec ce poil d'éphémère comment combler calmer l'immensé d'une simple bouchée maniérée comment ça des millions et des millions et des millions de millions en si peu de place de traces question d'échelle que voulez-vous fourmilière sous hélicoptère mocroscope nouveau télescope multiplication d'infini mille fois plus d'espace cent mille fois plus de menaces un milliard de fois plus d'informations à la fois je les vois donc en résumé brusqué derrière moi bout de langue inconnu compact devant moi est-ce qu'il faut avancer à quoi bon continuer pas le moindre espoir pas la moindre garantie aucune destination définie mon cœur bat pour battre ma main écrit pour écrire est-ce que je sens un devoir oui pourquoi je ne sais pas j'ai été mis là pour ça pas la peine d'en demander davantage fais ta journée subis ton usure ne discute pas inscris-le tant que tu en as la force tais-toi tu peux toujours te taire un peu plus et encore un peu plus toujours plus de telle façon que le trou s'élargisse en toi venant du vrai dehors qui te porte en soi malgré toi portant aussi le paysage avec toi et le ciel là maintenant brillant muet immobile pendant que tu lignes là devant toi tes glissantes syllabes à la noix le silence est plein d'un autre silence il finit par entraîner le silence dans une explosion plus bruyante que le plus infernal combat canonnade sifflante tonnante orage de feu mer fracas et le trou médite en silence c'est ce qu'il est avant tout une coupe de méditation un anneau luisant de silence il y a le silence de ce qui a déjà parlé celui de ce qui est sur le point de parler celui qui parlera peut-être un jour celui qui ne parlera jamais à jamais et ces quatre silences sont aussi différents les uns des autres que des variétés de substances il ne faut pas les confondre c'est à travers eux que je dois m'orienter m'éprouver courants chauds et froids vents contraires diagonales métal verticales végétal horizontales minéral plombé quatre larges canaux de silence voilà l'expérience ce qui change c'est la position par rapport au nom la dimension du nom son poids sa mesure la violence de la signature pendant longtemps il m'a paru un peu extérieur mon nom rapporté plaqué ajouté comme s'il était chaque fois légèrement en face de moi à côté en retrait comme si je n'étais pas vraiment lui ni vraiment à lui comme s'il était pour moi un vêtement trop étroit ou trop lâche auréole vestige à la tache il tremblait un peu mon nom quand je prononçais mon nom dans mon nom on n'était pas sûrs l'un de l'autre on hésitait à s'appuyer l'un sur l'autre et puis ça s'est fait le rapprochement le remplissement le débordement et puis la dilatation l'évaporation et puis la coagulation fixation ça s'est dégagé comme ça l'extension rebaptême en moi et mon nom nous trois donc crâne aéré souffle soutenu polymême j'habite mon nom je porte mon nom je porte mon corps habitant mon nom dans mon nom et mon corps m'emporte au cœur de mon nom pendant que notre nom en réalité nous entraîne de plus en plus loin nulle part et loin dans l'enfoncement du soudain timing lui le père moi le fils ou bien lui le fils moi le père j'ai été beaucoup fils et pas assez père mais ça vient j'y vais j'y parviens nous sommes assis là maintenant l'un contre l'autre au bord de l'océan soleil rouge cellule aveugle infra-rouge mouettes planant et marée montant on ne dit rien on laisse le disque se colorer décliner on passe dans la roue sanglante se vinifiant s'embrasant et puis se desséchant s'éteignant le soleil est fou cette année toutes les observations le confirment de labore solis sollertis sollertissimus flammantis et moi aussi je suis beaucoup plus fou cette année je sens tout se fissurer se desceller s'en aller j'ai peur de m'endormir j'ai peur de me réveiller mon sommeil est froid carcéral mon réveil abattu glacial poids de nom chaque jour plus lourd plus velours peur de devenir cancéreux sourd peur d'un rien d'un détail d'un retard d'un éclat de voix d'une entaille peur pour avoir peur simplement mort de peur découvrant la mort dans la peur comment font-ils pour ne pas tituber de peur à chaque instant il y a de quoi frissonner sans arrêt si l'on voit quoi si l'on sait pourquoi si on a rencontré le qui dans le quoi si on a soulevé le rideau comment qui vous mène droit au pourquoi labyrinthe idiot galerie des glaces souterrains cachots connerie en masse quel con mais quel con quel épouvantable con à la casse quel sacré enculé de con pontifasse et ça continue ça

se perpétue ça tue platement ce qui lui est dû ça
ne ressent rien n'imagine rien n'attend rien ça
n'a pas besoin de sentir ça suit son chemin le
voilà l'énorme suicide l'inconscient poison falla-
cide ça ne vient pas du dehors sales crasseux
vieux cons à la con ça marche tout seul à la con
le désir disent-ils parlons-en du fameux dézyr
mettons-le juteux là glandouilleux sucreur sur la
table analysons-le une bonne fois sur le sable ce
poisson baleine de l'immoumorial agapon bonjour pluton bonjour caron bonjour proserpine
apollon comment va perséphone le languette là
qui nous rend aphones comment ça orphée a
encore perdu retrouvé et encore perdu eury-
dice mais c'est une manie chez lui c'est un vice
et voilà lohengrin sigmund parsifal siegfried et
la walkyrie panfrigide celui qui me voit doit
mourir allons prépare-toi noble chevalier
montre à présent ton courage elle vient de sortir de la grotte primordiale elle s'avance avec
son casque à cornes et son noir breuvage laitage
portant la lance et le bouclier vers le preux dont
la main repose encore nonchalamment sur
l'encolure de sa monture ils se dévisagent lon-
guement le crépuscule est imminent maintenant les dieux vont rentrer chez eux le combat
va enfin avoir lieu ferraille remuements
d'entrailles forge soufflet étincellement des
épées oui oui non non oh non mais si tu me
l'avais prédit et promis oh vois comme l'esprit

des fleuves des blés court dans mon sang mes
bras ma chevelure platinée zling marteau du
charon sur l'enclume et rezling et vlan dans les
plumes chant des métaux hurlements lascifs des
héros six heures d'affilée comme ça dans les
cordes les cuivres les bois et le stéréo du cor qui
aboie et la chasse à courre des trombones quel
vertige quel déferlement cosima que de lizst que
de catalogues quel d'agoult quelle mixture de
roi quel houblon fermenté quel orgue quelle
énergie retrouvée quel mazma et voici que les
deux chevaliers se considèrent gravement ils
savent qu'ils vont se battre jusqu'à l'aube et que
la princesse attend le vainqueur dans le don-
jung du château dont elle doit ouvrir la poterne
avec la petite clé d'or archétype de la mandra-
gore qui reste jour et nuit glissée dans son bas
les voici donc face à face les deux folles merveilles poitrines hanches cuisses fesses bien
entendu très moulées fiers mollets tout est fait
chez eux pour la bride abattue le tournoi voilà
on est en plein opara et ça peut crier moduler
comme ça pendant des siècles et des siècles
forces volcans laves geysers feu central four de la
planète ressort de l'élémental mise en scène
spectrale ouvrant sur l'astral le subliminal le bes-
tial support du mental bref la chair portée musi-
cale puisque ce sont toujours les mêmes qui
reviennent à travers les mêmes situations passions dévotions entr'actes répétitions pulsions

répulsions membres en formation postulants affiliés adhérents titulaires secrétaires membres possédants locataires membres issus de membres eux-mêmes issus de membres devenus membres à travers les règlements de comptes impitoyables entre membres pour le contrôle de l'institut central intra-membres ils se passent le mot le ton les intonations les nuances d'hésitation les frémissements invisibles les conseils de gestion domination répression les carrés blancs les sous-titres les notes les footnotes les renvois de pages les tarifs les correctifs les impératifs les fluctuations les saisons les modes les variations de méthode bref l'antique et sublime science de l'occupation du terrain tout terrain mémoire immobilière du terrain maison des morts inventaire poussiéreuse et douteuse archive tablette uruk à ninive imaginez un peu tous ces fronts en train de vous observer dans l'ombre fatidiques orbites thorax d'os un instant soulevés par votre vie qui leur prête vie en sursis quelle responsabilité quelle panoplie quel souci quelle étrange façon d'être en fuite et la mort et la vie et la vie en mort dans la vie je les vois de mieux en mieux en rentrant dans le tunnel de mon lit enfouissant ma tête dans le mur devenu tenture teinte nuit eux les milliards squelettes à l'en-tête j'y descends vraiment dans la fosse commune à présent c'est comme une alluvion petit geste en soi de l'espace découvrant l'impassible évident

terrible frayé testament là juste contre le mur
plaqué contre le mur devant mon visage
requiem aeternam je murmure aeternam
encore aeternam bien entendu c'est absurde de
penser qu'elles sont là les âmes tout près gra-
vures dérobées sauvages comme si elles conti-
nuaient à être déchiquetées de l'autre côté ou
encore habitées par le parasite inique insufflé la
voilà donc l'immense plaine désolée des morts
le cyclone éther mangeur mort la respiration
simulée des morts l'amamor courant sur ses
morts alors mon cœur on accepte de jouer aux
échecs avec moi on veut bien se mesurer avec
moi dans l'appât médias muddamamonda ça va
être quelque chose cette partie je viens de loin
qu'est-ce que tu crois et pas pour la perdre prépare-toi donc petit joueur arrête de faire le jon-
gleur recommande ton âme à dieu et franchis le
gué on t'attendait on te repérait voici tes pièces
tes figures tes dés tes cornets tu prends les noirs
ou les blancs les blancs très bien c'est parti en
garde ah ça on ne la découvre pas comme ça la
charogne embusquée fardée il faut insister vraiment pour l'avoir d'un coup face à face en
même temps que l'atroce vérité en train de
s'évaporer là sur place la vérité cette boucherie
sans pitié à laquelle on ne peut justement
répondre que par la pitié montant de l'abîme
de la vérité comme si elle portait avec elle un
envers de blanc immédiat soignant son endroit

est-ce que c'est seulement l'oubli l'énergie en
vie d'amnésie ou bien plus profondément follement que ce que nous veillons voyons vision-
nons vient toujours buter sur le roc béton d'illusion la vérité au singulier n'est pas la vérité au
pluriel et la seule et vraie vérité est au singulier
pour l'éternité de la vérité c'est pourquoi la réalité rencontre la vérité dans le cauchemar for-
cené de la vérité juste le temps de tordre l'ondu-
lation et ses mondes fond d'hémorragie
calcinée et la vie à partir de là surgit dans sa
vérité haine et vide et vaine et vide et haine vide
et vaine et liquide et vide et vaine et solide dans
sa haine vaine et sordide humiliante humure
des journées je me lève j'y vais je vais où je dois
aller je m'en vais je rentre où je dois rentrer je
me relève et j'y vais je reviens je dors je m'éveille
et j'y vais comme j'y suis allé puisque c'est toute
l'histoire finalement d'y aller et de revenir et
puis d'y aller de nouveau pour gagner de quoi
revenir manger s'habiller avant de dormir et de
s'éveiller pour de nouveau y aller parler travail-
ler faire semblant d'y tenir de s'en occuper
avant de rentrer pour de nouveau faire semblant de se souvenir que c'est là que l'on doit
rentrer il faut donc la reconnaître et s'y
reconnaître en train de les reconnaître et se
rappeler ou du moins avoir l'air d'être au courant de comprendre le sens du courant ou en
tout cas garder le contact poser des questions

qu'en pensez-vous quel est votre avis là-dessous
c'est facile chacun est prêt à parler de soi chacun d'eux est intarissable envers soi projets
récriminations précautions jamais sa majesté n'a
été assez choyée assez caressée assez finement
devinée comprise devancée dans sa nuance
indécise exquise saisie dans sa particularité
ignorée jamais sa majesté n'a trouvé le
combleur parfait l'adoration qu'il fallait la grati-
fication l'attention la conviction la spécialisation
espérée sa majesté est sous-estimée persécutée
piétinée systématiquement contrée censurée sa
majesté a quand même droit à une autre considération sa majesté réclame une déclaration des
droits de sa majesté moijesté créée à l'image de
dieu ni plus ni moins au commencement pro-
féré mais alors si dieu au pluriel se disant nous
en cette occasion solennelle a créé sa majesté à
son image sa majesté en chutant de cet état
imagé est donc devenue une simple représentation de représentation reproduction de reproduction s'efforçant dans la reproduction des
reproductions de remonter vers le lieu de sa
production travail infernal embrouillamini de
kabbale car comment revenir à la source d'une
image en immortalisant indéfiniment l'image
de cette image en s'obstinant à faire ressembler
une ressemblance à une ressemblance elle-
même ouvrant sur le gouffre outré des sem-
blances car au commencement informe et vide

en silence dieu faisait seul de la planche à voile
sur la possibilité de semblance et d'ailleurs chacun s'accorde sur le fait qu'il aurait mieux fait
de s'en tenir là dans cette partie un peu trop
terrestre de son baccara mais voilà hélas trois
fois mille hélas il a reçu un grain d'écume dans
l'œil il n'a pas prévu notre écueil il est tombé il
a eu besoin de souffler il s'est mis à se regarder
oh elohim élohim toi si rapide agile pourquoi
t'enfouir dans l'argile oh elohim comment as-tu
pu t'abandonner dans la contraction du créé à
notre image as-tu dit mais cette image est un
crime un moment fuyant de déprime de l'image
de l'image c'est tout ce qu'il sait faire notre
mage une image donc pour multiplier les
images déjà hollywood dans l'éden les télés poi-
sons dans les veines et tout ce qui s'ensuit c'est
qu'on est reparti à la chasse de momy trick de
goldwyn movy mony mody chic en pleine marée
durée démontée comme d'habitude à nous la
baleine à nous le cachalot longue haleine dispa-
raissant brusquement à deux mille mètres de
profondeur parmi les calmars géants marau-
deurs et remontant tout à coup dans un tourbillon de vagues son et lumière pour se faire har-
ponner l'intestin ambre gris flottant des
parfums crâne du spermaceti crèmes fonds de
teint bougies rouge à lèvres les racines de l'eau
sur la peau plancton ventouses cerveau des
ténèbres bâton de jacob voie lactée pendant que

les hideux oiseaux noirs corbeaux chouettes
corneilles jouent sur le rivage harpe des harpies
chants muets c'est la chasse c'est la pêche au
pénomène aqueux des sirènes le pénomène visé
se démène pendant que la raie reprend son
argent ouvre un compte en banque araignée
comptant elle tient le livret il fait la musique elle
bosse à la caisse tandis qu'il trafique ne dites pas
androgyne ce n'est pas comme ça la machine
mais plutôt gynandre ah la gynandre impossible
à fendre à détendre la gynandre la voilà la
braise butée sous la cendre l'infra cuisine à
l'engendre la moulette la roulinette le sucré salé
d'opérette excision circoncision conception
idée fixe à la constriction golf au trou bouboule
à la trappe léger remous dans la nappe aux sui-
vants les voilà tout neufs tout fringants la
gynandre au lit trois jours et trois nuits mon
jonas méditation dans l'entraille de profundis
clamavi arrachant à dieu son vomi tu m'avais
jeté dans la mer le flot m'environnant tes lames
me ballottaient me cernaient l'algue s'enroulait
autour de ma tête mais je me suis souvenu de toi
j'ai crié vers toi ma prière est allée jusqu'à toi
j'ai appelé tu m'as répondu j'ai eu confiance en
toi je me suis tu je me suis rendu tu m'as avalé
digéré tu m'as recraché reconnu eh bien bon
voilà l'eau ce matin est de nouveau lisse bleu
calme fraîche légère on dirait qu'elle s'est
concentrée la nuit dans sa poche d'encre infinie

dans son infinoir sous bleu-nuit et la revoilà
étendue sous l'air et je suis là moi aussi j'entre
dans mon encre amère éphémère mais cette
fois comme pour la première fois comme si je
n'y étais jamais entré avant ça pieds chevilles
mollets jambes torses bassin d'épaules tête en
force et les bras les mains la respiration coup de
reins et voilà il a disparu au début du jour on l'a
vu s'éloigner s'amenuiser s'évanouir dans la première sortie du jour hors du jour quelle affaire
l'immersion d'envers l'injection réflexe à retour
aspiration sans un cri du support mumain dans
l'écrit quel retournement quelle éclaboussure
des matières il faut tout recomposer tout refaire
inventer de nouvelles définitions fonctions jonc-
tions directions revoir la juridiction se remettre
à l'enfant primaire thèse de la solubilité du
corps dans l'écrit ou encore de l'incarnation
dans le souffle écrit ou encore du mouvement à
l'inscription souscription de l'ombre au
paraphe entré par onction la meilleure annonciation peut-être celle de ghirlandaio san gimi-
gnano 1482 marron-rose ou plutôt violette violette atmosphère huilée vinaigrette sucre roux
de l'ange or cuivré soufré soleillé il vient de se
poser sur la gauche et il n'en finit pas de tenir
en effet dans sa main gauche son giglio sem-
piternel lys fragile fleuri éternel et la colombe
éternelle se presse derrière lui à tire-d'aile cra-
chant ses rayons d'insémination éternelle

sumartificielle traversant le paysage vert blanc
lépreux pâle avec ses trois ifs radiographiques
en spectral et l'ange à gauche dans la marge à
gauche l'ange du saint-écrit par la gauche
accomplit sa bénédiction de la main droite tout
en semblant repousser le mur l'obliger à coulis-
ser vers la droite effaçant ainsi la surface d'habi-
tation d'inclusion et la voilà donc elle dans son
attitude éternelle page vierge de nouveau toujours éternelle rouge-sang et bleue inclinée
mains jointes magnétisée sacro-sainte et elle
paraît soutirée un instant de droite à gauche à
son tunnel de sommeil avancer agenouillée allé-
gée vers son point de fuite éternel voilà comment ça s'opère la surface voilà la négation de la
négation de la négation l'irruption de la léga-
tion négation dans la négation panronron et
comme nous avons ici et ici seulement l'intro-
duction de l'infini dans le fini le comble du viol
l'absolu du traumatisme en plein vol il est parfaitement logique que la chose atteigne un
maximum de douceur d'impalpabilité de sua-
vité de délicatesse achevée d'invisibilité d'audition bien lisse enfilée silence silence il parle elle
écoute silence à vous tous les mondes elle est là
elle uniquement elle rien qu'elle cette page-là
celle-là pour écouter et rien qu'écouter pendant
qu'il ne fait que prévenir qu'annoncer que
commotionner qu'ouvrir une fente un volet
c'est d'ailleurs pourquoi dit bossuet dieu n'a pas

montré sa face à moïse mais son dos et un petit rejaillissement de sa lumière immortelle en passant et pour un moment seulement et par une petite ouverture dans l'enfoncement d'un rocher et parmi les obscurités il en va de même avec la rosée pellicule de manne arrosée qu'est-ce que c'est comment c'est tombé pluie d'antimatière en pastilles tourbillon d'hosties dans la nuit si l'eau peut jaillir du schiste d'un coup de baguette on ne voit pas pourquoi un fœtus ne serait pas formé d'une colombinette en soufflé question de proportions cachées de saut de degrés dieu va toujours plus loin plus profond plus stupéfaction plus bras long le plus tonitruant n'étant pas le plus apparent coups de pouces donnés au spectacle véritable cour des miracles jusqu'à ce coup d'arrêt-là solennel intra-menstruel grande mannonciation pur mouton changement de manducation amplification de la cène si une femme pouvait réellement entendre quelque chose ça se saurait depuis le temps que c'est cause toujours pigeonné en effet il suffit de produire une fois cette impossibilité de l'inné et on a une révolution inouïe dans la cataracte encharnée raison pour laquelle tout le monde trouve ça particulièrement saugrenu absurde mais justement justement très précisément quia absurdhomme raison de plus clairement mathématiquement admirablement simplement lettre volée bien

montrée isolée soulignée scellée et surdessinée
lianée torsadée ornée colorée donc particulièrement invisible sauf pour celui qui sait parler de
l'autre côté de l'enceinte écrite exhibée qui
peut dire je vous salue dans je vous salue se mettant dans la position du salut venant du salut
salve regina descendu impromptu grenu réélu
autrement dit bien entendu ne pas se prendre
pour elle ne pas s'y transférer le menu ne pas s'y
coller l'appendu ne pas s'y engluer l'émoulu ne
pas y coincer sa voralité sa vasinité sa ventilité ne
pas s'y viriler féminé pour celui donc qui peut
se casser tout seul le vœu formel des matrices
l'énorme piston d'artifice en train de faire tourner la vrombine aspic indexée autrement dit
pour celui qui n'est plus ni ceci ni cela mais
est-il encore un celui s'il n'est plus ceci ou cela
promeneur de l'infini en réserve nageur du
non-fini sous minerve coureur du fini conserve
le tout fuyant dans la verve s'il arrive à se préser-
ver de l'aigreur de l'étreinte mélancolie du
viveur transformé qu'il est en paraclet sans serrure en phénix voyeur sans perchure en errant
chassé dédouané pour l'instant donc nous
sommes dans l'annonciation de l'incarnation
que suivront la prédication la passion la cruci-
fixion la résurrection l'ascension il faut essayer
de voir ça en raccourci en accélérant la scansion
avouons que si on arrive à cette vision c'est
quand même ce qu'on a fait de mieux à l'inté-

rieur des siècles et des siècles naissance surna-
turelle et mort criminelle opposées à naissance
prétendument naturelle mais en vérité criminelle conduisant à mort nature criminelle on
rejoint l'envers de l'envers l'intouchable endroit
sans envers la voilà donc dormition somption
conception sommet de contraception nervure
du temps sous l'espace immaculée fondation
ardition gestation consomption surlévitation
superstitiennement en action hypnose comme
on n'en a jamais vu cauchemar maté des
démons hypnose eau lourde à la rose hypneu-
matisation du tout chose hupipip hourra
mourra pas débouchure de l'invagina fermeture
de l'antre à merdose fin du cloacal début mona-
cal fin du panfécal clôture du combat et pour
tout vous dire à partir de là je dois dire qu'il n'y
a plus grand-chose à redire ou plutôt qu'on
tient là la répétition comme jamais on ne la
tiendra négatif d'un côté variations de l'autre
non non surtout pas ça pas de ça ou alors pein-
ture flots d'alleluias de glorias c'est fatal que ça
y revienne que ça multiplie l'embarras finalement elle est faite pour dormir et encore dormir dès qu'elle se réveille elle déconne c'est la
belle au bois dormant si on sait la mettre au
courant autrement la folie commence roman de
chevalerie ballades ruminants courtois odes
stances romances poétisation à gaga occultisme
ou pornographie fleur bleue ou scatologie peu

importe ça revient au même rabia et là-dessous
vous retrouvez qui toujours immuable incre-
vable refétichisable encore elle plus que jamais
elle adulée doucinée dallée dallunée dallucinée
dulcinée toboso du tout beau tout sot la grin-
cheuse la pleurnicheuse la rancuneuse maussa-
deuse odieuse célébrée par son grand cinglé à
dada minet dulcinus poursuivi par monsieur
seria minette dulcina chérie par monsieur ché-
qua sans parler de bubonne fatiguée matrone
affaissée grisâtre tourmentant sans fin son
conjoint ventra ils s'échauffent autour de ça que
voulez-vous c'est leur muleta ils sautent sur leurs
haridelles se jettent les uns sur les autres au
nom de ça et pour ça se plantent contre ces
moulins à vent défient les passants inventent des
généalogies des mythologies des conflits cher-
chez la femme ou le femme prenez-les homos
ou hommas que la vierge nous en débarrasse
rebonjour marie pleine de grâces qui au moins
tranche la question d'au-delà adieu justine
adieu juliette adieu béatrice laure phèdre hip-
polyte esther albertine albert cléopâtre antoine
sarah ou dora adieu adieu sinistre sauna gémissements pincements chantages à la lune ovules
piégés goupillés dépenses pour subordonner les
distances transe du torse à crédit nostalgies psy-
chologies aérophagies crises de foie malaises
pâtisseries peur du poids madame n'est jamais
contente et il faut payer comptant de son temps

le fait définitif corrosif qu'elle n'est pas contente qu'elle ressemble de plus en plus à son arrière-grand-mère pour laquelle se prenait déjà sa grand-mère en train de jalouser sa grand-tante narcification haletante s'écoulant le long des contrats et qu'est-ce qu'une vie là-dedans pas grand-chose bouclage de l'âne à sainte-anne épilogue puvis de chavannes monomane en mégalomane stupeur gelée du profane presque rien ensemble de respirations idéations ingestions séries de spasmes en sexion beaucoup de traites d'emprunts de lotions de talons de contraventions quittances impôts locaux ordonnances créances assurances l'art de mentir d'étouffer de se dérober d'apprendre à penser à moitié l'imposture quoi la minable position posture le temps que se révèle la supercherie loterie claquement des doigts pignon coi eh bien je dis que dans tout ça la vierge marie me va me repose qu'elle dit la vérité de la glose à savoir qu'il n'y a pas à s'obstiner comme ça côté chair côté pondule enflammée opposée à phallustuyère qu'enfin on peut en sortir de ce machinal enfer des enfers il n'y a qu'à s'arrêter net ne plus y toucher déclarer ça dépassé démodé grossier pas pensé il n'y a qu'à s'en libérer physique et psychique embrayer sur son pneumatique ah oui je sais c'est dur c'est très dur la sortie du sac à l'ordure il y a des rechutes des moments très putes des accès pervers des fièvres volutes des sardanapales et des lupercales des détails frissons du stupre à foison des processions tentations apparitions insinuations possessions des incubations palpations des semblants d'éjaculation des inversions des transperçations tout un cirque d'animalation sodomisations fellations gouinations inhalations réanimations subductions mais la véritable jouissance énorme infime hors des normes est dans l'abstention radicale surphénoménale dans l'annulation verticale renvoyant la ménagerie à sa dissolution d'illusion quel repos quel sommeil léger quelle mort souhaitable agréable quel affinement des sentiments des penchants quelle économie de temps d'argent d'énervement d'abrutissement régressant quelle lucidité nouvelle étincelle quel reflux d'atomes dans le cœur du cœur battant se taisant lailahailala dis cela sans lettres et sans voix dans le point du cœur le plus intérieur et laisse l'univers et tout ce qu'il contient car tout ce qui est en dehors d'allâh est pur néant que tu le prennes analytiquement ou synthétiquement sache donc que toi et tous les mondes sans lui vous êtes perdus sans aucune trace puisque ce qui n'a pas d'être à soi de soi-même est pure impossibilité sans lui les connaissants qui se sont éteints en lui ne connaissent rien d'autre que le tout-puissant c'est-à-dire lui celui qui transcende les transcendances et ce qui est autre que lui ils le voient évanoui tant dans le présent que dans le passé et l'avenir lâ'ilâha'illâh-llâh jour et nuit dans le sommeil à travers le rêve et la veille jusqu'à faire tourner solide et liquide aérien et poussière de rien dans la dernière syllabe du souvenir c'est pourquoi sois en ce bas-monde comme un étranger et un voyageur compte-toi au nombre des habitants des tombeaux tout ce qui n'est pas le nom et le mot l'essence du mot l'extinction du mot dans le mot il faut rester réveillé maintenant absolument réveillé dessous dessous toujours plus dessous par-dessous toujours plus dérobé plus caché de plus en plus replié discret sans cesse en train d'écouter de s'en aller de couler de tourner monter s'imprimer voler soleil cœur point cœur point de cœur passant par le cœur tenant fermement le terrieur maintenant le tremblant noyau souterrieur nous sommes avec le docteur subtil à présent qui ne comprend pas vraiment pas comme il a raison comment on peut distinguer l'essence de l'existence jean duns scot 1266 passage à paris 1305 expulsé par philippe le bel mort à cologne 1308 respirant donc le même air que dante l'être infini je répète l'être infini tout est dans cette pointe de l'infini vraiment infini nous retiendrons ici les propositions 26 29 30 31 43 et 70 de l'alphabetum scoti à savoir un être premier à titre d'être est tout ce qu'il est possible d'être parce que l'actualité de l'être est en lui la source

de sa possibilité il est donc l'être en son inten-
sité absolue c'est-à-dire l'être infini deuxième-
ment la théologie est la science de l'être singulier dont l'essence est individualisée par le
mode de l'infinité voulez-vous relire s'il vous
plaît quelle formulation admirable troisième-
ment les modes de l'être étant ses détermina-
tions intrinsèques tout est premier dans le premier tout est infini dans l'infini quatrièmement
tout ce qui dans l'infini est infini comme lui est
réellement identique cinquièmement l'exé-
cution de la volonté divine ad extra se nomme
création elle est l'œuvre de l'essence divine
comme puissance et la puissance de l'être infini
est infinie on la nomme toute-puissance autrement dit le pouvoir de produire du non-être à
l'être tout être fini possible immédiatement et
sans le secours d'aucune cause seconde inter-
posée sixièmement le primat de noblesse de la
volonté sur l'intellect entraîne le primat de
noblesse de la charité sur la sagesse septième-
ment repos récapitulation contemplation satis-
faction et bénédiction huitièmement passage de
la série à un nouvel infini huit couché et puis
debout et puis de nouveau couché puis debout
neuvièmement et dixièmement une autre fois
par pitié pour l'instant un peu de tranquillité ne
pas confondre donc les vérités contingentes et
les vérités nécessaires par exemple dieu est trine
ou encore le fils est engendré par le père est

une vérité nécessaire mais c'est une vérité contingente d'ajouter que dieu crée ou bien que le fils s'est incarné et ainsi de suite infra fatras tramantras dans l'éternité ou le temps dans le tourbillon ineffable ou le trouble show à la fable dans ce qu'on devine raffine imagine dans ce qu'on dessine pendant qu'on chemine posons donc le verbe infinir je m'infinis tu t'infinis nous nous infinissons ils s'infinissent et enfonçons-le dans les phrases toujours plus profondément dans l'emphrase poursuivons-la comme ça notre phrase intensivité divisée du secret superponctué italique c'est-à-dire vraiment post-romain et gras c'est-à-dire vraiment redoublé et même un peu grossier pourquoi pas comme on dit un rire gras c'est-à-dire vraiment non pincé ce n'est pas quelqu'un qui parle se parle vous parle mais la voix elle-même qui parle supposons en effet que l'infini ne prenne l'être qu'en passant parlant et de temps en temps que dirait-il à ce moment-là exactement ce qu'il dit toujours la même chose je suis qui je suis ne mélangez donc pas l'être un fini avec l'être infini lequel n'est qu'une modalité du non-être se colorant parfois de fini voilà où le contre-sens nous attend voilà la faute d'accent croyance au général par rapport au très singulier à l'espèce par rapport au seul isolé lequel est différence ultime irrémédiable sauvée ou damnée mais en vérité le comble du réel situé formé irréductible actualisé pour l'éternité qu'est-ce qui nous retient de le reconnaître la possibilité qu'il y en ait une infinité préformée mais pourquoi pas une infinité d'idées en dieu si dieu est infini d'une certaine façon avant d'être autrement dit c'est justement s'il est infini qu'il garantit l'énormité de chaque fini et par conséquent moi aussi j'en suis de son infini ni plus ni moins que le moindre habitant d'ici dans son infini mystère abruti et par conséquent c'est une erreur sans issue de même qu'une ignominie préconçue de nous rassembler nous finis de nous classer de nous compter de nous recenser de nous identifier de nous faire défiler de nous maîtriser de nous populer ça ne mène à rien c'est troué ça ne peut donner que l'éter-nelle affaire du broyé et pourtant ils s'y plient que voulez-vous les finis ils en doutent de leur infini ça leur paraît trop gros trop inouï alors que c'est tout simplement tout petit et puis maman ne l'a pas dit et papa ne l'a pas non plus interdit comment moi infini oh monsieur vous n'y pensez pas vous vous moquez de moi ce n'est pas bien de vouloir abuser quelqu'un comme moi ils sont modestes les finis ou alors carrément déments indigestes ils veulent être tout parce que là encore ils ont peur du trou de leur trou ils vont d'un extrême à l'autre tantôt balbutiant gémissant tantôt fanfaronnant déli-rant de l'âne de sancho jusqu'au roussin baptisé

51

coursier du quichotte du terre à terre aux châteaux palais et marottes du bon sens idiot qui ne
sert à rien à l'excès de sens omnirien tournant
en rond dans le continent ovarien qui les terro-
rise et les brise genre le monde a existé de toute
antériorité c'est comme ça parce que c'est
comme ça logique atrabilaire arbitraire vésicule
fumant dans le foie or le travail de l'infini si on
peut l'appeler ainsi n'est ni comme ça ni
comme ça il est plutôt rongeur patient
façonneur imperceptible glissant décaleur désa-
grégateur décompositeur dissembleur très litté-
rateur très subtilement fantastique plein
d'humour d'ombres de clartés soufflées ellip-
tiques très singularisant au-dedans très effaçant
au-dehors d'autant plus dedans qu'il est plus
dehors d'autant plus banal apparent qu'il est
plus intime en dedans se multipliant s'arrêtant
se déplaçant tout à coup très vite et pendant
longtemps lentement on pourrait dire que
l'infini est sans ponctuation n'est-ce pas c'est
peut-être pour ça que personne n'y fait attention ou encore ferme vite les yeux devant cette
agression des yeux dans les yeux en effet pas un
ne se sent facilement vu depuis l'infini c'est
drôle pas vu pas senti pas découvert pas surpris
comme si on pouvait lui échapper alors qu'il
vous vit comme si on pouvait le négliger alors
qu'il tient votre oubli c'est vous la lettre mon
petit c'est lui l'enveloppe et si vous n'arrivez pas

à vous voir vous-même sous vos propres yeux comme étant une lettre placée trop en évidence à vos yeux c'est que vous êtes vraiment aveugle mon petit sans discernement capté par le miroir qui vous meut par votre arrière miroir à mental signant votre arrêt de mort en vous-même sur votre surface à vous-même si vous ne savez pas écrire faites une croix ou encore signez-vous en pensant au moins à la croix dont l'enseignement est précisément ce retournement précis de la lettre tellement exposée exemplarisée exhibée exagérée ex-votorisée qu'en effet personne n'en a plus la moindre conscience dans son articulation sublimée en effet en effet crucifiée sous ponce-pilate la lettre est ressuscitée le troisième jour par distribution du courrier c'est-à-dire comme il convient selon les écritures différées secundum scripturas à travers les races encrassées c'est-à-dire non pas selon ce qu'elles disent mais selon la façon dont elles le sous-disent de l'inculpation du corps dans l'écrit acte vraiment sanglant dernier cri en hauteur en largeur en douleur et en profondeur grande agitation autour de ça déchirure du voile scandale branle-bas de tout l'ici-bas miasmes puanteurs armées de réfutateurs blasphèmes sexualisations sur le thème inversions profanations transgressions excitations emphysèmes stigmates démoniaqueries mimaniaques délires divers vampirisme nécrophilies cacocaphanies des pervers débilités galopantes sarcasmes jurons superstitions sous fantasmes airs supérieurs tremblement de lèvre inférieur nervosité générale du fonctionnement séminal panique dans les boucheries cachères garanties crise des orfèvreries chômage chez la grande mère à éphèse marée gnosophique affolement du portique bref sacré raté du sacré crevaison du pneu trop cyclé explosion de la chambre à air confusion au cirque d'hiver quart de tour coudé comme ça du fond d'axe révolution des syntaxes glissade des vocabulaires ouverture du dossier procès falsifié en lui donc en lui avec lui par lui et toujours en lui par lui avec lui changeons d'ère inventons une ère d'une autre ère ça vient à peine de se dérouler c'était hier mille ans sont pour lui comme un jour nous en sommes à l'aube du troisième jour avec une bizarre clarté n'est-ce pas une flagrante lucidité n'est-ce pas sur l'impasse en rond prolongée on vous l'a pourtant dit démontré qu'il était originel le péché mais voilà ça n'a jamais rien empêché moment où les parents perdent la parole devant les enfants moment où papa prend son air absent où maman s'en va soupirant moment de la litanie à progrès de la fée électricité des plus pauvres devenant plus riches avant que d'autres pauvres les trouvent trop riches moment scientifique éthique idyllique moment de la raison pratique didactiquement dialectique moment du positivisme têtu genre bourrique mais enfin par où passent-ils les enfants plus tard plus tard plus tard quand tu seras grand ou alors petits dessins très malsains dans leur stupidité leur entrain périodiques gynécologiques conseils glacés statistiques nouveaux produits nouvelles stimulations des conduits devenez une matrice responsable pleinement auto-gérée lamentable et vous monsieur soyez une infirmière ponctuelle stylisée direct convenable le couple idéal enfin madame et sa mère à travers son conjoint résigné à être sa mère son vieux père puîné féminin j'ai déjà failli en crever cent fois de ces demandes programmées barométrisées de baise bricolage hâtif à la baise de ces brusques séductions évanouies émois inexplicables sauf par le calendrier dans le mois j'en ai connu au moins cinquante qui me guettaient comme ça biologiques soudain charmeuses harmoniques un œil enflammé l'autre sur l'horloge des jours angoissés les pauvres quel travail aujourd'hui que le grand secret est trahi il faut qu'elles fassent tout la miss par-devant et la solemnis par-derrière l'affriolante et la compétente la strip-teaseuse et l'entremetteuse la désirable insondable et la comptable inlassable quelle vie quel ennui quelle disparition de la nuit enfin quoi bon voilà une fois que c'est compris c'est compris et comme l'a dit freud une fois lisez bien tout se passe en définitive comme si le vagin n'était jamais découvert admirable accord du concert on dirait du duns scot tiens encore un docteur subtil pour temps difficiles mais oui on croit savoir ce que c'est ce fameux vagin à la clé mais en réalité c'est toujours manqué rejeté repoussé bouché orné idéalisé rhabillé brodé recousu voilé déphasé désavoué nié dénié ravalé repeint rebouché sondé opéré désinfecté retrompé il existe puisqu'on en sort et pourtant on n'en sort pas de s'interroger sur son bord mieux vaut parler d'une poche de fiction sans rebord d'une zone hyper-négative néantisation en vie-mort vérité sortant du puits à demi soulevant sa bière à demi toujours courbe tordue allusive si vous la prenez au collet elle se change en merde adhésive elle se fige fétichée forgée pétrifiée c'est le vrai boulet algébrique le casse-tête géométrique la quadrature obstétrique mais alors s'il s'agit d'une fiction l'humanité elle aussi est une fiction inutile de se dorer la pilule de se compliquer la gélule et si l'humanité est une fiction alors sa solution doit se trouver dans la plus singulière fiction des fictions c'est du moins ce que dit ici le plus hardi explorateur connu de cette région dramatique de ce point tragique et comique de cette galaxie fanatique c'est ce qu'il affirme ici rien qu'ici en déposant ses conclusions sur le pont nouveau kepler newton copernic galilée dans la génétique surgi des entrailles échappé des mailles venant faire ici rien qu'ici sa communication sensation en effet mesdames messieurs il ne sert à rien d'essayer d'éviter cette capitale question toutes les solutions diagonales de remplacement substitution homosexation ou masturbation sont ici en défaut devant notre révélation à savoir que la sexinite en elle-même est un pur principe de reproduction mais voilà ce principe reste inconscient chez l'être conscient parlant qui se croit la plupart du temps aux antipodes de la mécanique qu'après tout on peut bien appeler céleste de génération corruption s'imaginant lui volontiers avoir affaire à ce qu'il appelle désir plaisir jouissance volupté amour agrémentation du parcours se figurant donc cet être chétif mais très réactif qu'il a par ce biais toujours un peu refoulé embarrassé mal présenté névrosé voire carré- ment réprimé accès au cœur de la chose à l'entier ressort de la cause il se le rumine il s'obstine s'y raffine et s'y turlupine s'y pénicil- line et s'y vitamine y turbine en perceptions inouïes s'y ruine s'y perd en combines toujours persuadé le malheureux que papa le prohibe veut se le garder à l'inhibe tout ça pour aboutir à quoi au yapadquoi primordial ancestral au corydon zombilical cadastral à la considération sèche des pertes et profits ces derniers fumée les autres chiffrées bref le rouage a fonctionné comme d'habitude encore un objet d'études or la sexinite mesdames et messieurs appelée autrefois sexualité libido passion compulsion la sexinite et là est la découverte de notre mission qu'on ne peut logiquement comparer qu'à celle de magellan guidé par ses fameuses nébulosités pour prouver la rotondité de notre misérable planète habitée notre expédition dis-je bien plus importante et conséquente que la sauvegarde du golfe persique du détroit d'ormuz ou l'observation du champ magnétique la sexinite et j'y viens enfin se définit avec rigueur comme un axe d'exclusion et d'opposition par rapport à quoi j'allais dire à l'expense pour vous amuser mais il ne faut pas craindre de généraliser en ajoutant au langage entier de sorte qu'on pourrait cerner la crise spécifique de la sexinite comme du langage entravé freiné empâté fibulé carné comme un ongle détourné gonflé un abcès tuméfié bridé infecté une sorte d'eczéma verbal en somme ou mieux encore d'allergie de verbophagie entraînant par cascades de conséquences tout ce qu'on a appelé autrefois dans l'espèce sentiments et ressentiments psychologie fantasmalogie voire même idéologie pathologie mythobiologie bref vous me l'accorderez une faune une flore d'une complexité aussi phénoménale qu'elle peut être rendue banale par son traitement microscopique adéquat il s'ensuit croyez-moi des effets bouleversants car si cette vérification expérimentale est vraie et elle est vraie cela nous amène tout droit à considérer non seulement l'existence de l'espèce humaine comme une erreur de langage mais encore chacun d'entre nous comme un lapsus un bégaiement une faute de frappe d'accent une forme d'amnésie d'aphasie de paralysie de congestion de paraplégie en vertu de quoi l'acte sexiné se replie ce dont des écrivains éminents des temps anciens et présents n'arrêtent pas de témoigner sans qu'on se soit vraiment demandé semble-t-il ce qu'ils voulaient vraiment suggérer ainsi miguel de cervantes l'immortel auteur du quichotte désignant son héros du nom d'un pays la manche qui veut dire tache bien entendu à la fois tare et tache aveugle comme qui dirait don radote de la macula ce curieux détail de notre vision qui en dit plus long sur notre nature que tous les discours de raison et don quichotte vous vous en souvenez évoque aussi le harnais comme qui dirait le pauvre qui se fait de farfelues et nobles idées à cause de la tache aveugle où il est né et qui n'arrête pas de s'échiner à en démontrer l'inanité harnaché comme il est attelé comme il est à sa bête de corps brancardier au grand étonnement de la chambrière de la cuisinière image on ne peut plus pathétique et irrésistiblement drolatique de la condition parlante ambulante errante donc supposons que vous soyez en effet une faute de trappe de typogaphie de vocabulaire de prononciation de grammaire et que l'immense grimoire dit humain ne soit que l'accumulation le faramineux cimetière d'une erreur toujours liée à la même affaire bien entendu vous protestez d'abord de tout votre être avec d'autant plus d'énergie que cette thèse vous paraît extraordinairement réductrice brutale factice faisant bon marché de tout ce qui vous semble authentique précieux merveilleux ou encore trop injuste ruineux monstrueux pour ne pas avoir une cause physique chimique vous protestez soit mais vous êtes troublés et en effet l'hypothèse avouez-le est vertigineuse votre propre existence là compacte évidente chaude osseuse musculaire en pleines viscères ramenée à un produit apparemment secondaire impalpable presque impondérable vous une ombre de mots vous une simple projection une chute de son une moue d'interprétation vous si présents à vous-mêmes avec vos pensées vos intentions vos convictions et vos intuitions vos appétitions vos inclinations vous qui pensez que vous êtes parce que vous vous sentez en train d'être que vous pensez que vous êtes vous là et vous là-bas et encore vous tout à fait là-bas vous ne seriez rien d'autre qu'un équivalent tombé du bla-bla et les siècles avec vous toute la draperie enflammée des siècles le torrent des crânes imbriqués de squelettes rêveurs entassés les archives les inventions les musées les livres les instruments et les cartes les bateaux châteaux armées les villes les

batailles les épidémies les marchés tout cela
murmures pleurs chansons roucoulades ne
signifierait rien d'autre qu'un écho une réso-
nance en défaut une histoire de cloches une
vibration une croche une simple note à
l'encoche une concrétion dégradée et de quoi
donc d'une parole mais quelle parole comment
la retrouver la penser si nous sommes déjà des
spectres de sa surdité ainsi tombons-nous parlants mais muets et muets parlants dans l'oubli
parlé allez allez ça s'efface ça ne dure pas ça se
masse tout à l'heure en traversant le jardin je
me suis vu marcher dans l'après-midi
d'automne embrumé je me suis vu roulé décapé
déporté je me suis pensé passé pensé au passé
plus là plus du tout là n'ayant jamais été là au
bord du gouffré gouffrant qui ne laisse rien être
là je me suis arrêté j'ai regardé comme on n'a
jamais regardé le tissu brûlant du pas-là il cou-
lait sur ma gauche près de moi et de gauche à
droite au-delà de moi venant d'infini à gauche
et de haut en bas voix lumière écho des
lumières plus loin plus loin toujours plus lointain de lointain pour aller se perdre infini à
droite refluant sur moi par le bas passé vers moi
futur vers moi présent infiniment présent dans
son froid tous ces mois qui s'en vont pour toujours dissous parcelles tombées dans l'écorce
poussière légère poussière cendreuse évane à
poussière filant dans l'ombre à pas-moi voiture

passant vite lamento rentré des voix vite je viens d'être en somme je viens d'être à peine en train d'être j'allais me retrouver en train d'être comme ça dans l'instant le moment le claqué moment de l'instant la revoilà donc la vue panoramique encyclique un instant un interminable instant d'éveillant juste au bord juste au moment juste là en réalité on ne dort pas vraiment on ne se réveille pas vraiment non plus dans le temps c'est entre les deux jamais vraiment l'un des deux on ne dort pas on ne se réveille pas peut-être qu'on ne vit pas et qu'on ne meurt pas finalement dans ce grand dépôt du merdeux ce n'est pas tout à fait foutu ni salut ce n'est pas tenu ni déchu ni réellement sublime ni absolument en abîme ça reste ambigu saugrenu pas si intéressant que ça n'est-ce pas à la longue et la longue c'est qu'on finit par en avoir plein la tongue de cette station parmi les phénomènes en surplus il ne reste donc plus qu'à prier maintenant jour et nuit et dans l'intervalle du jour dans la nuit et à chaque instant dans le jour clinant vers la nuit je me réveille je prie avant même la pensée d'être réveillé en pensée avant la sensation énervée qu'il y a une terre des jours et des nuits d'autres nuits toute la question est là dessous dessous maintenant toujours plus dessous par-dessous tenir la nuit dans la nuit tenir dans l'audition qui précède et suit la nuit hors des nuits et puis

revenir parler dans la nuit l'ajuster le resouffle
en nuit dans ses nuits voix lumière écho des
lumières voix vidée néant des lumières frisson
transe splendor paternae gloriae de luce lucem
proferens lux lucis et fons luminis diem dies
inluminans et ainsi de suite lumière sur lumière
paupières fermées voile rouge soleil clouant flot
de sang opération d'ombre en silence je suis là
je suis de nouveau je là sur le toit je viens de
regarder les photos en retrouvant le moment où
j'étais je là moi bien en moi et maintenant de
nouveau avec plume d'or là bleu d'encre elle
flambe là maintenant aiguë divisée elle
m'éblouit un instant comme le jour d'autrefois
où j'écrivais là couché sur le toit et ainsi de suite
fausse fuite en suite toujours à la suite comme si
tout ça se déplaçait par anneaux brillant
s'enroulant et moi là-dedans les images de moi
là-dedans jamais ça jamais exactement ça suivant la parole jamais fixé çà ou là toujours parlant la parole désert buissonnant tout à coup
soulevé brûlant balbutiant et ainsi de suite
j'enlève mes sandales je rentre dedans et je suis
dedans maintenant je suis qui je suis je suis qui
je serai qui je suis je serai qui je serai qui je suis
et ainsi de suite rayon reprenant son rayon
rivière fleur des temps new york terrasse du 21e
en plein vent rosace de saint-patrick le
dimanche comme une grève de la mort de la
faim de la mort à la fin des fins plus de suite à la

suite interruption ruption corruption feu blanc
et ainsi de suite lui cinq ans courant chanton-
nant la main dans la main vite père et fils vers le
pré jaune ondulant des cierges vite plus vite et
ainsi de suite et plus vite je reviens je reviens je
reviens toujours je reviens il est dans l'ordre
mystérieux des choses et des rythmes que papa
revienne et revienne j'ai perdu le do de ma cla-
rinette ah si papa y savait ça tralala au pas cama-
rade au pas opaopaopa et ainsi de suite c'est
chaque fois une histoire de loup de méchant
loup de gros méchant loup et le petit cochon
tire-bouchon et les trois petits cochons se sont
réfugiés sous le petit chaperon dans la maison
tout au fond et le loup a soufflé et il est passé
par la cheminée mais il est tombé dans la mar-
mite eau bouillante hou hou au revoir le loup le
gros loup sauvage et tout fou papa papa viens
faire le loup viens on a peur on a très peur on
est convulsé de terreur et c'est pourquoi on rit
tellement aussi et ainsi de suite c'est pourquoi
on s'amuse tellement après le dîner quand papa
vient grogner dans le couloir alors qu'on va se
coucher enfin voilà ça continue comme ça sur la
pente ne disons rien laissons la bobine se dérouler dans le rien comme s'il y avait une suite et
ainsi de suite depuis le temps qu'elle se dévide
comme ça dans le vide sans aucune raison sinon
la peur du son du père-son détourné par la première bulle infra-son la première ouverture de

bouche derrière le sourire idiot de la bouche
elles sont là en effet elles sont toujours là elles
ne renoncent pas elles ne lâchent pas elles ont
leur programmation leur mission coller suivre
écouter frôler garder le contact épier noter
deviner trier sélectionner condenser muer nées
pour ça élevées pour ça dans l'humiliation dissimulation revendication la condamnation
dégoût peur honte cent fois rassise reprise dans
la hantise du vomissement du ressentiment lancinant arrivant pour finir à ce noyau du terrible
complètement froid calotté de l'intérieur rigide
fasciné du froid pomme acier soudée dans le
froid avec la conscience pétrifiée maintenant
d'avoir à jamais manqué la chose qui devait
remplacer la chose devenant peu à peu donc la
forme frigifiée du creux dibbouk visage ravagé
raviné rongé une ou deux heures de lucidité le
matin et puis pesanteur engourdissement chape
scellée sur l'aimant alors que lui est parvenu au
fond maintenant comme s'il était détaché au
bout maintenant ou plutôt en partant des bords
vers le centre au point qui dissout les bords et le
centre tout clair et vide maintenant bord de
centre à peine suspendu dans la révélation vide
comme substance en fuite du vide avec comme
sentiment quoi une immense inutilité une
invraisemblable liberté vaine certaine et eux là-
bas de l'autre côté là-dedans vraiment dessous
là-dedans comme des enfants d'éternels vieux

vicieux gâteux vaniteux enfants captifs de la
vage à sacre à massacre du vasin croupé dans sa
macre il les voit comme ça fourmillant liliputés
computés contents et puis souffrant se tordant
dans leur bramadan et elles finalement toujours
là ne décarrant pas réglant l'énorme ennui du
compas du vivant rivé au plasma cocons flasques
et battus changeant cocos masques et cafards
maman elle n'est même plus maquillée celle-là
par les temps qui courent mais ouvertement bla-
fardée montée sur fresque officielle panthéon
tombeau d'officielle tête molle fouettée en cer-
velle exposée rexhibitionnée regina caga
cafouillée c'est son règne sa toile d'araigne c'est
sa grande période à sang blanc réseau national
flic de pubis à pubis en mic détournements cap-
tages servages résille maya marmonnant le
temps simplement que le temps se passe que la
mort soupire son espace le temps d'un regard
au miroir gonflant pour se croire l'enceinte
univent c'est donc pleinement visible
aujourd'hui mais ça ne date pas d'aujourd'hui
c'est l'aujourd'hui même l'histoire même l'existence même grafée substrat même le sutra
suprême en lui-même la roulure dans son infi-
même répétant son pli son chibri or ça madame
la pute hors-crevable qu'est-ce qui vous a mis au
point cœur contrôle en souci qui a décidé ce
tournis qui a dit que ce serait éternellement
comme ça votre face-à-face embouti votre nar-

cissisme aspasie votre prétention inlassable épuisante ascèse à l'ennui qui a décrété tout ça les matinées les journées les nuits et encore les soirées les après-midi et encore et toujours le corps toujours lui grossi-maigri grossi-maigri raminagrossi sous grisbi sans fin refrain passion du plein pour le plein sans fin sans fin l'as du destin or ça madame la pute en plasmique qui vous close en métaphysique qui vous chose et qui vous dispose qui soutient votre hypocrinie en voilà une condition en voilà une constitution en voilà une farce énorme à la norme je crois bien que l'univers ne connaît rien de plus spontanément clapotis et pourquoi parce que ça s'imagine alors que ça se combine sans vouloir s'admettre machine il lui faut toujours des raisons des explications des élévations des pécorations des rançons et des oraisons et puis des cautions des consignations des révocations des pensions des mémoraisons des démonstrations à foison il lui faut des poinçons que voulez-vous à notre arbitraire afamique des garanties des panégyries des infirmeries bergeries des allégories en série et des calories et des bactéries toute l'imprimerie en folie une intense sorcellerie des tracasseries pruderies des pleurnicheries moqueries un tas de supercheries et des flatteries chatteries des parfumeries sucreries des cachotteries causeries des agaceries bouderies des badineries broderies et des âneries literies

des cagoteries des chicaneries des confiseries
fruiteries bref toutes les diableries possibles sensibles draperies escroqueries veuleries et des flâ-
neries des folâtreries des gamineries fourberies
une maçonnerie confrérie des grivoiseries pitre-
ries une horlogerie juiverie des mièvreries des
minauderies beaucoup de pâtisseries et des pou-
dreries des quincailleries des serrureries singe-
ries des sauteries des rosseries de vraies salope-
ries archipies sans jamais oublier la trésorerie la
grande loi de la tricherie toute la triperie trom-
perie les vacheries les turqueries les verroteries
élégies la truanderie chauve-souris l'anthropo-
métrie les gris-gris le retour de l'hypocondrie
sadomies et cruptogamies symphonies des nym-
phomanies bouillie sanie kleptomanie consor-
tium déculcomanie voilà vous écrivez ça par
exemple mais n'importe qui vous dira d'abord
c'est intraduisible je n'imagine pas ce livre en
anglais or s'il n'existe pas en anglais comment
voulez-vous que moi russe américain syrien japo-
nais c'est-à-dire suédois ou tchèque naturalisé
j'en aie la moindre petite idée simplifiée deuxiè-
mement vous avez vraiment voulu ce caractère
cette typographie voyons vous êtes vraiment sûr
de l'avoir fait exprès vous croyez vraiment qu'on
va s'user la rétine sur ce déferlement ramassé
mais enfin ça va pas vous êtes cinglé ce micro
caractère là tassé compressé pattes de mouches
catapultées cataracte cristallisée cristallin paumé

dans l'exode quel sale caractère quelle étrange manie solitaire quelle folie de s'impresser là de biais pour l'éternité caractère du grec kharasein graver employé aussi en théologie pour signifier une marque intangible et irréversible baptême confirmation ordination sans répétition autrement dit d'après leibniz la qualité propre et permanente que certains sacrements nous font contracter en nous enrôlant dans des classes de personnes où nous n'avons jamais besoin d'être enrôlés de nouveau 2 cor 1 21 dieu nous a oints de son onction il nous a scellés de son sceau ce qui veut dire une fois en dehors de toutes les fois une intervention valant pour toutes les fois il était une fois et une fois était la fois d'une fois qui sera une fois dans la mesure d'une fois qui dégage de la toute en une fois une seule fois maillon des fois sautant une fois parce qu'il n'a été qu'une fois et il ne sera qu'une fois il est non pas dans les fois succédant aux fois mais chaque fois intégralement une fois plein cœur fourré de la loi d'ailleurs on devrait dire la foie crise de foie bouffant son foie gras il a pris un coup à la foie il n'a plus la foie cette fois plein milieu moyeu point de feu désintégration des essieux dérapage de la roue du dit involumation des roulettes chanson des enfants london bridge is falling down falling down falling down london bridge is falling down my fair lady row row row your boat gently down the stream mer-

rily merrily merrily merrily life is but a dream
petite boîte à musique gouttes perlées enchan-
tées fleuve rêve et vie fleuve en rêve ah ces
anglais shakespeare au berceau rythme désinvol-
ture et distance le pont de londres peut bien
s'écrouler le monde se dissiper en fumée cela
n'empêche pas la gaie navigation des substances
merrily merrily toujours merrily a priori merrily
de l'inde au cap de bonne espérance en passant
par le canada ou la france claquement des
bateaux fendant l'eau cargaisons cognac vieux
bordeaux le thème est évidemment chez moi
inépuisable pendant que sur le pont d'avignon
de l'autre côté chez les lourdauds bourguignons
nous n'aimons pas le bourguignon vieux roy
saucé bœuf grognon nous les armagnacs escri-
meurs légers de gascogne pendant donc que sur
le pont d'avignon on y danse on y danse et que
les beaux messieurs font comme ci au festival
d'avignon c'est-à-dire de l'antivigne dans l'imita-
tion de la vigne et que les belles dames font
comme ça c'est-à-dire finalement ni comme ci
ni comme ça sur ce ponton pseudo-pape qui
n'en finit pas on n'a jamais valsé sur le pont de
londres n'est-ce pas la circulation est dans l'air
maintenant et plus loin que l'air et au-delà de
l'atmosphère dans l'inutilité gazeuse enflammée ou glacée des sphères ce qui nous ramène
à l'intimité terrorisée des cellules en train de
raccommoder notre nappe notre tapisserie

notre drape et tout ça maintenant ouvertement pour rien rêve en rien enregistrement doublure des doublures catastrophe dans l'évanouissure vanité des vanités vésanie des ventilités vasunités verbosités verbobésités vérolées or c'est dans cette confusion collusion décompofaction que quelqu'un se sera quand même dressé obstiné tenu accroché là chaque matin chaque soir mot à mot syllabe à syllabe comme dans toutes les basses époques terribles bouchées intoxiquées enfumées le recopieur de torah le moine enlu- mineur perdu dans les bois table rase bom- bardement d'ignorance régression nivellement illétrisation forcenée merversion généralisée sous-produits panpublicité exemple littérature express nickelée dominateur étincelant redouté indiscuté extra-lucide emporté alberto notre homo maison adoré baise albert qui rebaise alberto qui suce robert qui palpote josette qui suce albert qui encule michel qui patine nanick laquelle voudrait être albert pour subir les caresses étincelantes redoutées indiscutées d'alberto lequel jalouse férocement patrick le beau balbutiant ténébreux éthéré perdu re- trouvé halluciné bégayé concurrent de jean- marie stérilisé bromuré tandis que jean-paul humilie gratuitement albert le fait ramper à ses pieds l'oblige à lécher son gilet velouté brodé pendant qu'alberto jure en vrai calabrais qu'il saura se venger de robert lequel a confié un peu

saoul à michel qu'albert était venu le trouver en
secret après avoir parlé à nanick de son coup de
téléphone au secrétariat secret du congrès cet
incident déclenche la fureur d'albert qui de
plus en plus mécontent des étreintes ternes
douteuses discutables et de plus en plus dis-
cutées d'alberto demande à nanick la tête de
michel lequel propose à alberto une alliance
tactique contre les diverses intrigues de couloir
dont albert est coutumier avec son air prude et
pincé de ne pas y toucher or pendant ce temps
les rencontres clandestines vont bon train entre
robert et jean-paul sur le thème jamais épuisé
de la lutte anticuré en priorité tout cela au cœur
même de la mafia qui veut dire massification
anesthésique du flux d'informations audiovisua-
lisé manipulation alchimique du fantôme
d'azraël ce dernier étant comme chacun sait le
chef suprême des archanges noirs judéo-païens
de sodome initiés au trente-sixième degré de la
gommorisation renversée elle-même dissimulée
dans la fibre du positivisme affiché en effet deux
et deux font quatre plus un léger cinq par-
derrière mystère des bons déjeuners avec pom-
pier pousse-café hystérie dévouée cornette des
laïcités rencontre pour aller plus loin de william
prickson le dernier best-seller californien tra-
duit directement en georgien et de vladimir
kubnikov poète de la fraction kgb modérée
grand prix dissident du haut institut transhu-

main le tout servi express et encore express par notre meilleure serveuse à pédales la pâle et rousse régina dufoie montée de la france surréaliste profonde au sommet programme d'économie bon sens garanti juste milieu démocratie origines modestes ascension rapide selon les tests d'androgynie en série fichier en yougoslavie rapports réguliers au bureau central à new york planification progressive pour implanter partout l'individu-toc perméable massable indéfiniment malléable surféminisable entièrement dépendant de sa société bienfaitrice de sa fondation formatrice qui lui a donné sa situation sa réputation son écran représentation ses facilités sa sécurité son réseau de complicités qui surveille sa rentabilité sa docilité à travers ses petites tares sexuelles minutieusement classées détaillées comment il bavouille et sur quels fantasmes éculés qu'est-ce qui le fait courir rugir rougir défaillir prenez alberto par exemple on le recrute aux chiens écrasés d'un journal de province on le propulse dans la capitale du vice il devient peu à peu une figure connue du milieu pressions au bon endroit à l'envers exact de la vulnérabilité de l'endroit protections spéciales utilisation de deux ou trois salons vieilles maquerelles en chaussons par les femmes encore toujours par les femmes l'extension sous méchanceté se fait par la vésicule montée pignon femmes il suffit de leur donner l'assu-

rance qu'on est comme elles en moins bien
qu'on est contraint d'être homo par impossibilité d'arriver à l'idéal-femme en tout beau callas
greta marilyn marlène ou hannah bas noirs voix
rauque regard fascinant consumant puccini
verdi bellini butterfly de l'organe manquant
repiqué tuyau en dedans l'éternel féminisé voilà
la condition des succès oh évidemment à court
terme très court terme mais qu'importe la vie
est courte et on n'a rien d'autre à jouer express
pressé désespéré jadis-presse on a peur de mourir tout seul à l'asile à l'hospice des vieux autrefois fêtés adulés tandis que l'autre là l'inpress
l'outpress l'hyperpress l'art-press tellement mal
vu dans l'ex-presse continue couché sur ses
caractères comme s'il cherchait la caractéristique universelle en effet avec son planning là
minuscule penché appuyé qui leur passe
comme ça devant les yeux sans qu'ils se doutent
de rien sans qu'ils se rendent compte de rien
comme s'il était lui simplement un peu toqué
ridicule fêlé aveuglé un cas vraiment un drôle
de cas poursuivant les positions simples dont
toutes les autres sont formées afin donc de
déterminer leurs combinaisons possibles par des
signes de valeur absolue frappante points singu-
liers points doubles de rebroussement
d'inflexion d'accélération courbe qui résulte de
l'intersection de deux surfaces enveloppées
consécutives dans la génération des surfaces

enveloppantes courbe représentant les variations de l'un des éléments d'une machine déter-
minée en fonction d'une autre caractéristique
extérieure intérieure magnétique à circuit
ouvert cinémométrique atomique un caractère
en typographie a un corps une hauteur une
épaisseur et ce que vous voyez là dressé en
petites lettres vent d'être ça s'appelle exactement l'œil des lettres grasses maigres égyp-
tiennes normandes latines classiques pendant
que les caractères ont des noms qui corres-
pondent à leurs chiffres par exemple le diamant 3 le perle 4 le mignonne 7 le petit
romain 9 le philosophie 10 le cicero 11 le saint-
augustin 12 le palestine 24 le petit canon 26 le
trismégiste 36 le gros canon 40 ou 48 le double
canon 56 le double trismégiste 72 le triple
canon 88 le grosse non-pareille 96 le moyenne
de fonte 100 l'ensemble condensé réduit pre-
nant ici et seulement ici la valeur d'un cylindre
tournant permanent gravé durable éphémère
rouleau compresseur imprimeur illuminateur
soleil voix lumière écho des lumières soleil
cœur lumière rouleau des lumières rouleau ivre
cylindre projeté en livre et moi dessous dessous
maintenant toujours plus dessous par-dessous
toujours plus dérobé plus caché de plus en plus
replié discret comme un mollusque chassé peu
à peu de son coquillage et en effet un jour je
serai mort et pas mort et quelqu'un aura l'œil

ouvert sur ces pages il s'apercevra lentement et puis tout à coup brusquement que toutes les lettres ici sont des yeux qu'il a sous les yeux une constellation de milliers de millions d'yeux lumineux joyeux lesquels ne sont que l'écho un instant visible de milliers de millions d'intonations d'accentuations évoquant la distraction la soustraction l'abstraction et aussi l'attraction la multiplication l'effraction et encore la division la diffraction la décontraction mais aussi l'addition la racine carrée d'audition la différenciation l'intégration l'interaction l'infraction la régulation logarithmes des rétractations l'ensemble des hyperfractions bref le volatil alvitil subtil tout ce qui s'est dit épanoui senti crescendo glissando decelerando torsando n'oubliez pas l'œil des lettres seulement l'œil dans les lettres le caractère lui ne se voit pas ne se montre pas c'est un nombre en train de faire un faux-pas nous le manipulons ici à l'état libre chimique dégagé enfin de ses racines officines nous ne sommes pas dans l'hébreu l'arabe le maya plumeux le chinois fermez les yeux oubliez les lettres écoutez le son sans ses lettres notable quand même oui modifiable enfin navigable courageux debussy 1905 mer soleil fleur lumière écho des lumières soleil voix lumière rouleau des lumières répétition d'air en air effacement galet roulé d'océan vingt mille milieux cent quatre-vingts jours au moins sans rien faire

centre de la terre visqueux sous l'asthénosphère
croûte sur la lithosphère petite boule point
poussière où je respire paralysé ici maintenant
où j'écris maintenant ici maintenant où je parle
ici maintenant et ici maintenant où j'enregistre
ça ici maintenant et ici toujours maintenant
bande stéréo ruban lettre encrée dans l'œil de
sa lettre rien de plus amusant que le symbole de
l'œil qui voit tout dans son triangle en tout-tout
simple exagération de la lettre déguisée en œil
pour analphabêtres ce n'est pas le temps qui est
important ça peut y ramer comme ça cent mille
ans mais la voix soufflant sur les lettres disper-
sant les lettres comme autant de flammèches
d'étincelles de cendres brûlant dans mon être
qui a dit que je n'avais pas de caractère me dit
dieu ça c'est le bouquet un comble pour mon
dies irae déchiffrement du passant ici seulement
ici différent comme il n'y en a jamais eu comme
personne n'en a jamais entendu voi altri pochi
che drizzaste il collo per tempo al pan de li
angeli del quale vivesi qui ma non sen ven
satollo metter potete ben per l'alto sale vostro
navigio servando mio solco dinanzi a l'acqua
che ritorna equale paradiso 2 10-15 à la manne
plus vite à la manne c'est mon manuscrit qui le
clame nous avons été tour à tour vingt-
deuxième chevalier royal hache prince du liban
et puis chef du tabernacle et puis prince du
tabernacle et puis chevalier du serpent d'airain

et puis écossais trinitaire et puis prince de mercy
et puis grand commandeur du temple et puis
vingt-huitième chevalier du soleil prince adepte
blason de sollers guirlande de roses suspendue à
deux ailes déployées dans l'air enflammé avec
soleil en abyme et puis vingt-neuvième grand
écossais de saint-andré cathédrale de bordeaux
andré frère de saint pierre légitime et puis tren-
tième chevalier kadosch et puis trente et
unième grand inspecteur inquisiteur commandeur et puis trente-deuxième sublime prince du
royal secret et puis enfin trente-troisième souve-
rain grand général inspecteur avant de passer
au-delà de toute majuscule titre ou chiffre ce
qui est présentement notre état ici et maintenant ici maintenant un des meilleurs moments
je m'en souviens se situant au seizième chevalier
de jérusalem au dix-septième chevalier d'orient
et d'occident au dix-huitième rose-croix quand
on entre au cœur de la croix ce qui n'est pas
encore comprendre l'ultime signification de la
couronne aux épines ni le nom le plus élevé de
dieu qui se cache dans la consumation des
consumations au-delà de tous les prénoms donc
là oui maintenant ici maintenant vraiment ici
maintenant et là ici seulement ici maintenant
souffle et trace et voix trace et inclination du
trait dans sa trace et clignement pente ombre
portée fuyante poussée par le vent vocal tout en
trace et moi là tête pensant là ici maintenant

derrière le souffle déposé le long de la ligne en
train de tracer son ruban à écouter dans sa trace
et moi même pas présent dans sa tête point
d'émission souffle et son donc même pas vivant
avec le paysage soumis à sa lettre gorge et lèvres
palais respirant planète ici maintenant point de
tête ici maintenant bloqué arrêté attaché
envoûté fixé pétrifié forcé de revenir cent fois
pour rien sur la ligne magie noire encrassée des
lignes noires toujours plus noires magie blanche
de la récitation hors du filet noir ici halluciné
maintenant et encore ici maintenant je
n'avance plus je ne m'entends plus je ne
comprends plus je ne me sens plus c'est vécu
tout ça maintenant ici maintenant c'est connu
déjà vu déjà parcouru et pourtant ça tourne et
ça continue toujours ici maintenant sans tenir
compte des dépenses de lignes ou d'argent
répétant l'ici maintenant comme ça pour rien
dans une fuite sur place d'harmonie fugue trace
qu'est-ce qu'on est loin maintenant moi et moi
ici maintenant moi et ma main moi et mes yeux
ouverts et ma main devant moi pendant que
mon autre main maintient le papier dans la
direction d'ici maintenant toujours maintenant
folie vrillée délire tempéré tempête figée du cla-
vier ce n'est plus le corps masse volume qui
écoute la partition venant de droite ou de
gauche mais la clé la clave l'échelle cave lignes
portées noires sonores pointillées crevées rece-

vant en elles ce corps abrégé l'allégeant le retournant transparent l'enveloppant dans l'ici maintenant veillant résonnant pinçant chevauchant s'ouvrant voilà ça y est de nouveau dans le spectre en vérité sensation à vif de nouveau seule vérité trempée tympan du temps ici maintenant et j'écris là ici maintenant toute la nuit maintenant et le vent souffle dans les vitres de la nuit montante violente tordant les branches dehors et giflant l'eau qui remonte dehors à travers les herbes et les pierres envahissant de nouveau les canaux de pierres mangées d'herbes toute la nuit dans le clavecin ici maintenant dans sa volonté frêle inflexible algébrique violette ascétique comme si le squelette de tous les éléments s'entendait ici maintenant canon du temps se chiffrant se clavant se claviculant résurrection dans la plaine soufrée du temps maintenant pleine lune d'argent sur la droite et ici maintenant souffle sur les os du temps maintenant pendant que l'eau noire progresse avec la nuit noire se levant à la verticale de l'océan pour y retomber demain matin ici maintenant quand le bleu reviendra dans le soleil ici maintenant et toujours le même vent peu à peu visible sans que cesse pour autant l'impression de clou d'ici maintenant perçant la situation comme frappée d'une vie et d'une mort éternelles simultanées emboîtées s'engendrant et se détruisant pour donner cette annulation de

lucidité soulignée parfois par une accalmie une
pause solennelle de la machinerie un blanc de
mouvement tao central éclairé vidé avec ses cris
d'oiseaux saisis d'une ivresse incompréhensible
célébrant ou commémorant de tout temps ce
passage à vide de la nature débranchée de la
substance épuisée lui donc là fou caché peut-
être simplement ridicule obstiné buté acharné
poursuivant son récit accroché à ses petits signes
à son sillage bleuté intra-signes fugue en fa dièse
majeur prélude et fugue en fa dièse mineur prélude et fugue en sol majeur prélude et fugue en
sol mineur prélude et fugue en la bémol majeur
prélude en sol dièse mineur fugue en sol dièse
mineur prélude et fugue en la majeur prélude
et fugue en la mineur prélude et fugue en si
bémol majeur prélude et fugue en si bémol
mineur prélude et fugue en si majeur prélude
et fugue en si mineur prélude ici mineur en
fugue maintenant majeure d'abord exposition
définition délimitation des conditions de la
chute condamnation damnation puis extension
spiralation explosion de la réanimation rédemp-
tion les mêmes mots pour descendre et pour
remonter pour se plaindre et pour protester
pour gémir et pour adorer pour blasphémer
pour louer combien de fois n'a-t-il pas pensé en
finir abandonner le projet se retirer se taire cou-
per les ponts les communications les informations disparaître dans son coin attendre d'être

recouvert par le rien qui de toute façon grandit peu à peu vers lui grain par grain combien de fois a-t-il été sur le point de tout déchirer brûler oublier à quoi bon laisser tout ça derrière soi pourquoi se battre encore et encore et encore avec cet insaisissable rouleau de la loi nuit et jour et nuit après jour cerveau crâne enfoncé dans la confusion des nuits et des jours au nom du père du fils et du saint esprit j'embrasse l'univers visible et l'univers invisible et les flots de jours et les flots de nuits ce qui est après le jour et la nuit après le ciel et la terre après la fin du commencement bien après l'espace et le temps après le chaos le tohu-bohu les rafales tremblées des lumières prière immobile mainte- nant ici maintenant couché dans la nuit lampe éteinte pensée coulant à l'éteinte refulsit in ima- gine parva ille qui est figura substantiae dei patris et splendor gloriae corps carbone allongé comme à la jointure de deux feuilles douce- ment impalpablement percutées par des doigts d'encre corps nerveux entre ses draps d'encre chauffés par le temps apprenant à ne plus pas- ser comme si le fait d'avoir eu à un moment un corps apparu dans le temps était une négation provisoire du temps un refus convulsif sécrétant du temps anti-temps c'est-à-dire cette poche de ressentiment dans laquelle on se retrouve une fois de plus cellulé noué en hoquet profond des organes ce raté répété et rerépété sans fin

ruminé rentré bien décidé à se répéter spiritum
sanctum voix de basse deux hautbois d'amour
dominum et vivificantem bien détacher là vivi et
fican et tem appuyer en éclat sur tem se tenir
vraiment sur ce thème revenir au début du mot
vivificantem qui ex patre filioque procedit qui
cum patre et filio simul adoratur et conglorifica-
tur qui locutus est per prophetas celui qui vivifie
qui procède adore et glorifie à travers la parole
électrocution tirée des deux autres à égalité des
deux autres hors d'eux avec eux en eux absolument comme eux inséparable de leur deux-à-
deux et unam sanctam catholicam et apostoli-
cam ecclesiam coup de trompette sur l'am
résonnant cinq fois on a ou on n'a pas d'am
immortalité mâle en am disparition du brouil-
lard toxique écrasant le l'am dans son âme voilà
tout seul maintenant ici maintenant s'enfonçant
tout seul dans le tunnel de la messe large et lent
escalier remontant comme chance à l'air libre
coup de tresse en pleine détresse kyrie gloria
credo sanctus hosanna in excelsis benedictus
qui venit in nomine domini hosanna agnus dei
pour finir toujours un agneau pour finir qui tol-
lis peccata mundi le contraire de l'anus mundi
comme un g qui descend là flamboyant doux
calme en flammes comme un flot de sang dans
la trame l'agneau de dieu au centre là blanc
frappant à l'entrecroisement des courants
pavage dallage chaude laine éblouie du marbre

quel est ce soleil sans soleil cette voix sans voix
du soleil pour t'entourer là pauvre petit dans ta
chiasse tout fangeux peureux comateux c'est
rayon oui coin de vitre en gel contre vitre c'est
rayon plaque jaune à travers le rideau vitreux tu
vas ouvrir tu vas repasser par ta tête tu vas respirer tu vas peser ta plongée voilà yeux ouverts
maintenant retour détail de planète voilà maintenant ici maintenant sortant du lit du délit or
n'est-il pas vrai mesdames mesdemoiselles messieurs que tout corps humain considéré atten-
tivement plus de trente secondes avec la claire
conscience du caca qui transite en lui provoque
inévitablement une sensation que j'ose qualifier
de définitivement pénible je vois que les
femelles s'offusquent se consultent d'un air
accablé courroucé mais je n'en suis pas moins
obligé de développer ici ma prédication essen-
tielle qui doit démontrer une fois de plus à quel
point nous avons tendance à nous laisser abuser
sur la prétendue nécessité névrosité rincarnée
alors que l'idéal pour finir serait d'en finir sans
avoir à finir de trouver le crochet plan latéral
global par où laisser tomber ce corps promis à
pourrir ce serait tellement bien de pouvoir s'en
aller avant d'avoir à s'en aller n'est-ce pas tellement bien tellement mérité justifié la mort est
belle écrit chateaubriand elle est notre amie
néanmoins nous ne la reconnaissons pas parce
qu'elle se présente à nous masquée et que ce

masque nous épouvante par exemple hécate ô
toi qui danses et voltiges avec les étoiles toi qui
armes tes mains de noirs et terribles flambeaux
toi qui secoues sur ton front une chevelure de
couleuvres toi qui fais monter de leurs gueules
le mugissement des taureaux toi dont le ventre
est couvert d'écailles de reptiles et qui tiens suspendu à ton épaule un entrelacs de vipères lan-
ceuses de venin toi qui vas et viens dans l'olympe
et visites le vaste abîme tu es commencement et
fin toi seule commandes toutes choses c'est de
toi que tout provient et en toi éternelle que tout
finit hou hou dix fois hou c'est avec des repré-
sentations de ce genre qu'on traumatise très tôt
les petits qu'on augmente leur déficit alors que
la mort pas la vie qui conduit à la mort dans la
vie mais la mort elle-même celle qui n'a jamais
été dans la vie celle qu'on ne peut pas faire ser-
vir à la vie asservir à la vie dans l'assassinat pro-
longé qu'est la mise en mort de la vie alors donc
que la mort éloignée depuis toujours de toute
compromission avec la mort de la vie est comme
dit encore mozart la meilleure amie de
l'homme la seule tendre l'unique la consolation
mélodique en tout cas voilà ce qu'ils ont senti
ceux-là avec leur musique d'un côté la courbe
passant par eux pointillés de l'autre leur léger
tas d'os blanchis décrochés d'un côté ce qui
reste absent du côté le feu la lumière soleil voix
lumière écho des lumières et de l'autre ce qui

est sorti de la côte rêvée en côté leurs corps
donc leur cadavre animé de corps point sourire
souffrant sur la sphère comment peut-on être si
grand si rempli poreux d'infini et en même
temps si insignifiant si réduit compression
consomption des muscles des sucs des organes
minuscules mésaventures de l'ici c'est-à-dire
avec cette taille ce nom ce visage et puis ces
hasards ces configurations de nécessité du
hasard finissant par imposer l'idée que c'est lui
bien lui tout à fait lui et que par conséquent s'il
disparaît c'est bien lui qui disparaît à jamais
alors que ce qui a surgi avec lui n'est rien
d'autre peut-être qu'une condensation un
échec précisément de la reproduction continue
comme si là dans ces cas quelque chose n'avait
pas pu se refermer malgré toute la pression du
concret comme si là le moule s'était fissuré laissant subsister une coupure une imperceptible
fêlure un coin de fuite en tout cas donnant là ce
témoignage fulguré cet éclat de divinité mêlé à
la chute au torrent boueux des culbutes le crâne
de chateaubriand de mozart le crâne de des-
cartes enfant celui de fragonard de mansart les
mâchoires de tous les noms propres maxillaires
radius fémurs tibias et rotules mélange poudreux de l'osseux glissé dans le pli terreux
urnes cendres reliques à revendre et les flux
d'inconnus plus ou moins connus et puis les
tout à fait inconnus qu'est-ce que ça prouve rien

sinon qu'il faut parier en effet follement impassiblement sur l'absence de côté ou d'ombre portée sur l'inexistence du palpable du constatable ça y est ça recommence les voilà de nouveau tous là pressant demandant suppliant se plaignant gémissant hurlant pour l'inscription la mémoration tandis que me revoilà malgé moi passeur trieur sélectionneur dénoueur compteur ordinateur écluseur une sorte d'anti-avorteur s'agissant de l'au-delà ravaleur alors que sur la scène des vivants la bagarre est à son comble pour le contrôle des embryons sous gestion généralisation de l'avourtement des amortements d'abortion absorption de l'abhorrition extension d'infémination sous caution l'aborto l'aborto dans tous les labos trombe du hoquet génétique du renvoi jecté gynandrique les premiers qui arriveront au monopole de l'interruption pourront s'emparer de l'ensemble de la production et de là surplomber les allées et venues de populations être comme des dieux planant au-dessus flaqué du programme révorsion des matrices queues pompées sortant du billard boules têtes reformées par les vulves consentantes conscientes ou rentrant dans le néant devenu un sous-continent j'en pose cinquante millions ici deux millions là-bas j'en retire vingt millions j'en ramène quarante millions quel jeu mes enfants quelle politique énergétique énergique enfin la racine du socialisme naturel réel vaginal-socialisme à la fin du cycle actuel enfin le racisme légal et moral l'épanouissement intégral la biosphère sublaminale par libération du narcissisme rénal féminal enfin autorisé à remplir quand il veut son halo miroir hyptéral son scaphandre invisible son pourtour son alentour son atour les acteurs bien entendu se battent sur des mots d'ordre démagogiques du genre oui à la vie non à la mort ou bien la vie est un don à toi de l'accepter de l'accueillir de la recueillir ou encore la mort si je veux quand je veux ils se syndiquent parlent d'autovulation tronception naturellement personne n'ose mettre en question la question ellemême il est admis que le problème a un sens définitif en lui-même en avant donc le bal de satan en avant la vampirité du fœtant en avant en avant le plouf de l'existence à naissance le reste ira se faire raconter ailleurs on est dans le grand serpent cracheur niveleur et voici maintenant votre magazine de la science votre supplément express du mois pour vous madame et pour vous monsieur rallié à madame qui voulez accroître vos connaissances d'abord un article de notre vulgaire vulgarisateur il nous parle cette fois du branle-bas dans la physique des particules suivez mon regard il s'agit bel et bien de la chimie trouble des testicules tandis que nos collaboratrices martine et marie-ange membres de la nouvelle association andriah

association nationale pour le développement et
la reconnaissance de l'insémination artificielle
humaine ouvrent un grand dossier fondamental
sur le boum secret des cellules les nouveaux
êtres créés par l'homme clones femmes aux
gènes greffés bébés éprouvettes enfants sans
père souris tricolores poulets-cailles pomates
bœufs-zébus des hybrides comme on n'en a
jamais vu des hermas et aussi des phrodites
en train de s'accoupler dans les profondeurs
égarées andros délicatement à la gyne avec
retour de gynes immédiatement landrufiées on
commence avec des souris on finit avec des
montagnes ayant la forme de gigantesques souris surtout ne manquez pas notre grande
enquête complémentaire l'homosexualité dans
la littérature à partir du lundi 12 janvier chaque
jour présentation didactique ce qu'on ne vous a
jamais dit sur un tas d'auteurs réunis pourquoi
écrivez-vous on frappe là un grand coup qui
amorce un tournant décisif de l'histoire des
lettres en effet coup sur coup le prix goncourt
et le prix femina viennent d'être décernés à un
homme et à une femme qui chantent et
défendent les amours différentes il était temps
c'est une suite ininterrompue de créations
authentiques marquées par la soif de bonheur
et de liberté rejoignez notre comité pour la
refonte des prix en un prix gomorrhe sous un
prix sodome adhérez à la grande fraternité vigi-

lante des temps modernes nous veillons sur vous
pour vous à travers vous malgré vous nous
accomplirons votre plénitude au-delà de vous
nous poursuivons en plein accord avec vous des
objectifs qui ne sont qu'en vous de façon à ce
que vous vous apparteniez comme nous vous
appartenons comme vous nous appartenez dans
la liberté libération imposée soyez libres
puisqu'on vous le dit puisqu'on vous le crie
soyez libres nom de dieu ou bien on vous scie
sachez donc que si vous ne voulez pas être libre
notre comité de surveillance de la liberté saura
vous retrouver où que vous soyez nous avons les
moyens para-officiels de vous détourner de vous
hébéter voyez-vous mieux vaut être libre avec
nous que pas libre sans nous car alors vous per-
driez vraiment toute liberté de n'être pas libre
tandis que vous n'arrêterez pas avec nous de
vous libérer sens dessus dessous nous attendons
votre cotisation dépêchez-vous notre bureau
exécutif sos liberté obligée doit bientôt partir en
vacances et les vacances ne sont pas données par
ces temps de liberté luttons ensemble contre le
chômage l'inflation pour l'indépendance le gaz
soviétique les travaillères et les travailleurs les
personnes âgées les retraités les handicapés les
anciens combattants les jeunes les femmes et
encore les femmes pour les nationalisations les
35 heures les 30 heures la disparition des heures
dans les heures pour la paix la sécurité la

dignité le renouveau dans la stabilité le changement dans la progressivité calculée contre les
droits de succession pour la taxation les crèches
le sport la relance économique la balance
externe et interne la strangulation du crédit le
prix du mouton du poisson contre les centrales
nucléaires pour la contraception remboursée
sur le taux des contraventions pour le tiers-
monde pour le proche-orient dans le cadre
d'une élimination de l'orient contre la faim
pour les immigrés contre le retour des émigrés
pour les demandeurs d'emplois dans la formation de l'indemnisation prolongée pour les
petites et moyennes entreprises pour les agri-
culteurs contre le marché commun pour
l'espagne contre le portugal pour l'allemagne
contre l'angleterre ou le contraire pour les cli-
niques contre les ecclésiastiques pour l'éther
contre la pollution de l'air pour le libéralisme
contre le collectivisme pour la collectivité
contre le libertinage éhonté de quelques indivi-
dualités tarées pour un prélèvement sur la masturbation des garçons et la liberté des prix sur
celle moins probable des filles pour le prix fixe
du livre avec livraison à domicile des poèmes les
plus difficiles et visite de l'écrivain que vous
pouvez faire venir chez vous par exemple loca-
tion de samuel beckett ou de marguerite duras
le vendredi soir de vingt heures à vingt et une
heures prix de la séance mille francs dont le

tiers vous sera remis si vous êtes inscrit au parti
l'auteur se présentera à la porte de votre appar-
tement à l'heure dite mangera un sandwich
avec vous lira cinquante lignes au moins de son
dernier livre répondra à toutes vos questions
pourvu qu'elles ne soient pas trop intimes vous
pourrez lui demander si ce qu'il fait est réellement nécessaire dans une époque aussi troublée
dont l'axe doit être le soulagement général
attention samuel beckett ne supporte pas les
chiens et marguerite duras exige la présence du
sien si vous avez un chien notre agence le gar-
dera le temps que durera la visite de l'innom-
mable quant au chien de marguerite duras il est
très tranquille ne mordra pas vos enfants ni vos
vieux parents pour les libraires donc en dépit de
la dictature bancaire pour la laïcité respectée
contre l'école privée pour le pacte atlantique ou
celui de varsovie sur le pacifique pour un blocus
de la baltique contre le dollar pour le mark ou
pour le dollar contre le rouble passant par le blé
pour retourner au dollar par le mark pour la
défense du franc la protection du franc le renforcement du franc dans les sinuosités du
serpent contre les interventions du saint-siège
dans le circuit des matrices en état de siège pour
ceux qui produisent contre ceux qui déduisent
pour la castration expérimentale des violeurs
des séducteurs des voyeurs pour huguette
arlette pierrette francette étiennette pour les

banlieues pour une authentique culture de banlieue pour une fédération des régions décentralisées authentiquement représentées dans une banlieue généralisée pour une défense autonome à l'intérieur du parapluie pour un désarmement unilatéral dans le cadre des accords bilatéraux reconduits pour la famille mais aussi pour toutes les anomalies et encore nous ne l'affirmerons jamais assez pour les femmes en priorité pour les femmes il faut que la société converge harmonieusement vers les femmes que nous fondions enfin une nouvelle ère de gynécomancie éblouie pour une police efficace contre une police trop efficace contre la drogue ce fléau qui fait oublier que le but est de rester ensemble pour s'énerver se persécuter s'ennuyer pour l'égalité contre la liberté pardon pour la liberté à condition qu'elle s'inscrive dans la fraternité imposant la légalité de l'égalité obsédée contre la supériorité injustifiée innée douée non-rentable pour l'épargne pour le logement pour les prestations il n'y aura jamais assez de prestations de péréquations pour le slip chauffant porté par les hommes de façon à déterminer la fécondité des spermatozoïdes au moment voulu pour un élargissement sans précédent de la démocratie impliquant la délation instantanée de tous les ennemis camouflés pour la savmu la cavmu la ravmu le comicef l'annuamutu pour le renforcement de la communication de masse dans une véritable culture de masse renvoyant les masses aux masses selon un principe thermodynamique accéléré par les masses elles-mêmes se remplaçant de vague masse en vague masse jusqu'à l'oubli définitif intensif titre du film la rentrée du bétail au bercail le racisme sans exclusives sans les aberrations antérieures dues à l'ignorance ou à la précipitation de gens trop bien renseignés trop zélés enfin donc le racisme pour le racisme c'est-à-dire avec la participation de toutes les races à la race dans une grande unanimité des races se reflétant dans la race et trouvant grâce à la science dans l'image primordiale en race la réponse au lancinant problème de pourquoi tout ça désormais résolu dans les limites abolissant l'idée d'au-delà silence on boucle silence on a fini notre boucle silence sur la terre désormais aux hommes de mauvaise volonté admettant sans murmurer la super-loi enracinée dans leur fabrication dévoilée silence on écoute l'hymne à la race enfin décortiquée comme race avec ses multitudes de races à égalité ramenées au temple de leur unité voilà par conséquent voilà finalement c'était simple il suffisait d'attendre de comprendre d'insister de coopérer quel tremblement glandulaire dans la mémoire cendreuse évanouie de tous ces corps gaspillés depuis une éternité c'est comme si la mort avait un large spasme en elle-même se sen-

tait enfin justifiée voilà elle va jouir elle jouit
houplaboum elle jouit la salope la mort à salope
qui jouit on la sent elle jouit on la sent là qui
jouit pour la première fois-là qui jouit la mort
qui jouit enfin le moment de la saisie du rassemblement défini la voilà elle jouit la mort vous la
sentez elle vous jouit enfin le fini se regarde se
trouve idiot meurtrier ni beau ni laid mais
nécessité propulsé donc à la tête de l'ennui uni-
versel enfin proclamé quelques corrections de
routine mais enfin crac ça y est le drame est
paraphé agraphé classé très allégrement archivé
numéro bonsoir et fermez la porte comme vous
voudrez dit-il en se retournant sur le seuil mais
la vérité c'est qu'on a enfin ici sous les yeux ici
seulement ici rien qu'ici à travers les oreilles et
les yeux dans l'impalpable tympan sous les yeux
dans la respiration de l'ouïe déplaçant les yeux
hors des yeux la vraie combinaison chiffrée déli-
vrée face de particule envers d'ondes début de
partie fin du monde et c'est ça et rien d'autre
que veut dire ici rien qu'ici le rouleau einstein
impressé primé tantôt comme ci et tantôt
comme ça toujours les deux à la fois vitesse position vitesse hors des positions vitesse position
vitesse position vitesse position vitesse et reposi-
tions sortie de l'ammonde entrée dans l'atonde
d'une aile sur l'autre et toujours d'une aile en
coup d'aile bonsoir donc ok ciao tout le monde
et toi là-dedans et moi dis-moi là-dedans et toi et

moi et moi encore là-dedans qu'est-ce qu'on va bien pouvoir faire maintenant continuer à décrire la courbe à laquelle personne ne comprend rien comme d'habitude l'inutilité d'atmosphère la méditation stratosphère comme la physique a changé c'est inouï de mobilité j'ai essayé de lire mais c'est en somme comme la musique on en écoute une ou deux minutes impossible on n'y comprend rien vraiment rien je pense que tout ceci doit être mis de plus en plus à l'écart dans un ghetto à l'écart drôle de livre il n'y a plus de livres astrophone enregistrement ramifié et pourtant il tourne il continue là sans aucune pudeur à se mettre en tête de sommaire chapeau édito régulièrement illisible comme si le directeur de la publication était réellement fou irresponsable comme dieu lui-même qui n'arrête pas de signer l'ensemble de la rotation sans raison enfin écoutez non ça ne peut vraiment pas durer cette absence de commentaires d'idées de débat d'idées et moi je vous dis qu'il y a une seule solution pour se défendre contre cette affaire qu'on sent là cependant tout près de plus en plus près c'est tout simplement de ne pas le lire de faire comme si ça n'existait pas de ne pas en parler de ne même pas le mentionner de changer de conversation d'éviter d'y faire allusion surtout ne pas l'ouvrir ne pas commencer à le lire ne pas l'écouter surtout ne pas commencer à l'écouter c'est une question de volonté de sécurité sans quoi c'est fini on est piégé dérivé je répète arrêtez tout de suite en toute impunité ni vu ni connu personne n'ira vous le reprocher ne vous laissez pas entraîner refusez fixez votre attention sur autre chose faites comme s'il y avait autre chose si on vous en parle dites qu'il y a quand même autre chose que cette monstruo-sité fatuité lassante agaçante que ce gros pathos chewing-gum cette fatrasie enflée dévidée que cette grotesque infirmité complaisante rasante que cette exhibition de narcissisme assoiffé que cet abcès que ce procédé qu'est-ce qu'il raconte au fait là-dedans d'après vous sinon sa propre néprose rien ou plutôt rien exactement rien ou plutôt quand même quelque chose d'indéfinis-sable qui nous déplaît souverainement ou plutôt le contraire de tout ce que nous aimons croyons défendons le contraire du programme le blas-phème à mettre à la flamme dérision de la femme appétit trop net pour les femmes profa-nation du tabou expression d'une foi infâme dont nous étions juste en train de venir à bout par exemple psaume 33 par la parole de iahvé les cieux ont été faits par le souffle de sa bouche toute leur armée il rassemble l'eau des mers comme une digue il met en réserve les abîmes ou encore psaume 12 que iahvé retranche toute lèvre trompeuse la langue qui fait de grandes phrases ceux qui disent la langue est notre fort nos lèvres sont pour nous-mêmes qui serait donc notre maître les paroles de iahvé au contraire sont des paroles sincères argent natif qui sort de terre sept fois épuré ou encore que ma langue s'attache à mon palais si je perds ton souvenir si je ne mets pas jérusalem au plus haut de ma joie ou encore psaume 150 louez-le par l'éclat du cor louez-le par la harpe et la cithare louez-le par la danse et le tambour louez-le par les cordes et les flûtes louez-le par des cymbales sonores louez-le par des cymbales triomphantes que tout ce qui respire loue iahvé comme la respiration même alleluia alleluia et ainsi de suite à longueur de temps de quoi désespérer à jamais ceux qui font semblant que le temps sert à sécréter autre chose que de la louange anti-temps vous vous rendez compte que du coup toutes ces vieilles histoires retrouvent une sorte de force un second souffle un brevet d'actualité de modernité une transfusion inespérée on commence à redire dieu et le diable et encore dieu et de plus en plus dieu sous une forme particulièrement nocive offensive sans majuscule c'est dix mille fois plus dangereux là dans le courant dévalant dans un contexte inconnu avec une énergie jamais vue jamais entendue dans une typographie mise à nu tirant le tapis des lettres à la lettre mettant hors de lui le reçu comme si dieu redevenait d'avant-garde reprenait l'alphabet par-derrière et le ravageait l'aspi-

rait le réinspirait le disséminait l'insufflait le
redépensait le courbait en cunéiforme adapté
en indian sumer perforé comme s'il tenait à se
manifester dieu d'ailleurs ça lui ressemble là où
on ne l'aurait jamais attendu à l'autre pôle
extrémité d'opposé en plein dans sa négation
au cœur même d'une figuration d'exception
comme s'il choisissait lui-même son relief ses
ombres ses touches ses bouches ses globulons sa
ponctuation sous ponction sa profération mur-
muration brûlante rapide avalant tout digérant
tout saccageant tout jugeant tout se faufilant à
travers tout mettant son ange sur tout véritable
pâque verbale avec son odeur de sang sa vibration de bruissant or cette nuit-là en effet ils res-
tèrent debout en éveil dans la chaleur noire de
la nuit mangeant la gueule des animaux dans la
nuit la plus noire des nuits sous la nuit comme
si une fracture s'était creusée dans la substance
même des nuits depuis qu'il y a comme ça des
jours et des nuits et des caractères écrits noir sur
blanc comme des bouffées d'encre du jour dans
la nuit comme si le temps venait de se casser
depuis la profondeur du comptage comme si la
machine à temps venait de s'enrayer de se détra-
quer de sauter enfin en même temps que la
répétition génêtrée comme s'il souffrait là maintenant sous lui dans la nuit le moment spasme
où son père l'a joui soupir violent en arrière
pendant qu'elle était bien là elle sa mère pour

capter dans l'ombre ce qui allait finir par le faire comme s'il était juste à ce moment dans le croisement haut-le-corps d'enfer tombant spermique en bouilli intervalle en somme où il a été bêtement saisi formé enfermé parmi les milliards de milliards d'acteurs à jamais bouffés par la nuit comme une bifurcation intérieure en corps dans la réitération lassante des corps une renfraction une déréglation une aimantation énervée tuante l'ange de la mort planant au-dessus des berceaux et frappant tranchant contaminant vite étouffant nouant étranglant nébuleuse compacte de meurtre dieu meurtrier se donnant de l'air dans le meurtre apocalypse 19 12-13 inscrit sur lui un nom qu'il est seul à connaître le manteau qui l'enveloppe est trempé de sang et son nom le verbe de dieu renvoyant à isaïe 63 il y a dans mon cœur un jour de vengeance l'année de mes représailles est arrivée j'ai regardé et personne ne m'a aidé j'ai été consterné et pas un soutien alors je les ai piétinés dans ma fureur leur jus a jailli sur mes habits j'ai taché de rouge tous mes vêtements je passe dans le sang sur le sang par-dessus l'odeur du sang dans le sang bouillonnant fumant sauf si le sang est déjà là en attente marqué sur les portes pendant qu'ils sont là prêts pour le départ des départs toujours le même départ priant et tremblant là dans la lourde nuit négative du retournement du temps dans le temps

adieu cette fois de nouveau la première fois
comme si se trouvaient annulés du dedans les
calculs contrats et trafics touchant la captation
du sexe dans le bassin sexe toute la pyramide et
son sexe toutes les petites cérémonies vallée du
nihil cachées détournées les lâtries les idolâtries
les boutons bestiaux gynécos les combines de
calendrier potions reptations coups de reins
rusés pâmoisons bref la prétention vénus médi-
cale à commander le flot chair en chair la boucherie hermès camouflée des chairs toujours le
pain trop de pain par rapport au vin c'est la
science du sang et du vin qu'il faut voir au
compte qui compte l'ange donc massacrant les
enfants d'un trait d'aile ligne tirée de la soustraction division transformant la nursery en porcherie de pourri une clameur s'élève peu à peu
avec le matin en égypte monceaux de minuscules cadavres désarticulés comme des poupées
irradiés flasques atomisés pustuleux vaseux pendant qu'eux immunisés sortent dans un autre
monde sans monde dans le recommencement
désert d'autre monde ce qu'ils commémorent
depuis sans interruption jusqu'à aujourd'hui
galettes de pain plat laitue raifort mélange de
pommes amandes cannelle verre de vin rouge
en souvenir du mortier des briques du temps
qu'ils étaient esclaves de la maçonnerie mur
d'ici employés au chantier manœuvres immigrés
forcés d'être terrassiers avec leur morceau de

viande rôtie et son os et surtout l'œuf cuit dans
la cendre souviens-toi du temple détruit qui sera
reconstruit un jour le jour des jours parfaitement ineffablement éternellement le tout sur
fond de chansons d'hymnes d'énigmes souviens-toi et ne mange pas rends-toi compte
comme ce que tu manges est étrange tous les
ans le même séder les mêmes paroles au dessert
les yeux qui brillent les enfants très graves les
lumières plus intenses plus denses et le verre
d'élie là qui va peut-être se vider devant tout le
monde signe qu'il va être là enfin là regarde s'il
n'y a pas un millimètre de moins un tout petit
peu moins regarde s'il n'a pas humecté ses
lèvres simplement l'invisible enlevé vivant feu
du vent j'ai le droit dit dieu de passer dans mon
sang à travers le sang au point millimètre exact
bout de point réglé hors du sang j'ai parlé ce
droit en versant mon sang dans le sang au cœur
même de votre sang que vous avez répandu
pour perpétuer rêvé votre sang kodesh dans
l'exclamation et l'acclamation de la voix qui surgit une fois de plus du sexe découvert de la loi
comme pour marquer que toute naissance est
due à un manque de voix dans la voix ou plutôt
à un égarement sexé de la voix à un engorge-
ment d'organe de la mise en voix à une pression
d'aphasie voilée membranée capturée par le
ventre muet aux aguets caverne murée en
fabule avec ses inscriptions mentrastiques son

cinéma hypnotique ses glyphes hallucinés proje-
tés sa lanterne magique érotique saint saint
saint comme si le sujet de la voix était sans cesse
menacé de retourner au sommeil à l'image du
sommeil à la mort au désir de sommeil
déchargé vous basculant dans la mort comme
image de la mort mais jamais la mort d'où cet
avertissement solennel au départ physique
même pas conscient à même la peau de l'excita-
tion dans le sang à pic sur le point de tension de
rumination d'invention le gland lumière telec-
trique c'est par là qu'il faut se glisser gagner de
parler de chanter je voudrais qu'on écrive mes
paroles qu'elles soient gravées sculptées à jamais
car je sais moi que mon défenseur est vivant et
que lui le dernier se lèvera dans la poussière
après mon éveil il me dressera près de lui et
dans ma chair je verrai dieu celui que je verrai
sera pour moi celui que mes yeux regarderont
ne sera pas un étranger voilà au plus singulier
du singulier au plus irréductiblement singulier
de la singularité révélée voix lumière écho des
lumières voix rouleau voix cœur des lumières au
milieu de la poussière du temps des poussières
planant sur les eaux cendreuses poussières ma
voix comme sa voix comme la voix parlant dans
la voix comme dans la pierre de la voix renvoyée
au vent des poussières presque rien ne restera
ni solide ni liquide ni même poussière et pourtant quelqu'un aura vu entendu et quelqu'un

verra entendra quelqu'un se souviendra de quelqu'un qui reconnaîtra quelqu'un pour quelqu'un étrange doctrine si c'en est une bizarre histoire en tout cas étonnant cortège de rituels d'hymnes de récits de prophéties d'interdits sur ce qui se mange et se dit en réalité il faut avouer que la plupart du temps nous n'y avons rien compris nous autres grecs convertis mais c'est vrai que nous avons compris autres choses ou peut-être la même chose d'une autre façon par exemple l'amour est un abîme et le fond de l'abîme n'existe pas ou encore l'abîme appelle l'abîme et l'abîme de l'abîme appelle les élus de l'unité ou encore c'est l'ivresse spirituelle c'est la folie trois fois sublime et ainsi de suite dans l'invocation trois par trois du sublime au hasard des siècles des corps des pays des fuites de corps dans leurs siècles comme si de temps en temps l'un deux était happé engouffré saisi mais rarement si rarement avec de longs intervalles où le langage en définitive ment dans le changement sans changement et l'écoulement du changeant comme si la planète tournant la rotation ne ressentait pas sa passion donc si vous passez près de la centrale retenez votre souffle sous peine d'intoxication apprenez-en davantage sur le plancton des mers caraïbes sur les chevaux géants de scandinavie savez-vous pourquoi le chromosome y en fluorescence est porteur d'un point lumineux non eh bien vous ne savez pas grand-chose sur la fabrication des zombies par ici ou encore attention voyez les dinosaures transhumer par troupeaux entiers à la recherche de nouveaux pâturages assistez aux plus cruels combats des plus sanguinaires carnassiers de la préhistoire ébattez-vous avec les néandertaliens l'homme des mégalithes voyez monter devant vous l'écriture et la transformation du métal bref lisez votre magazine pour cadres supérieurs fonceurs décideurs et maintenant dans notre supplément littéraire nous allons vous parler de virgile qui ça quoi comment virgile qui ça quoi il y a un anniversaire au moins une célébration une exposition non alors quoi virgile comme ça tout à coup virgile mais oui par exemple déjà la mer rougissait sous les rayons du jour et en haut de l'éther l'aurore vermeille brillait sur son char de roses lorsque tout à coup les vents tombèrent et toute respiration cessa les rames luttent en vain sur le marbre immobile de l'onde ou encore quand tu approcheras du lac divin et des forêts bruissantes tu verras une pythie en délire qui du fond d'un rocher annonce les destins et trace sur des feuilles des lettres et des noms ou encore c'est là que le prêtre quand il a porté les offrandes quand il s'est couché dans la nuit silencieuse sur les peaux de brebis immolées et qu'il a trouvé le sommeil voit voltiger mille fantômes aux formes inouïes entend des voix de toutes sortes jouit de l'entretien des dieux franchement vous trouvez ça beau intéressant toujours actuel je peux vous le réciter en latin si vous voulez monsieur le directeur d'ailleurs il vaudrait mieux l'entendre en latin merci une autre fois mon cher le conseil m'attend dommage écoutez la déesse recouvre sa tête de son manteau glauque et plonge en gémissant dans le fleuve profond ou encore voilà un python luisant traînant immense sept anneaux sept replis son dos est marqué de taches bleues ses écailles flamboient d'un éclat d'or ou encore ses membres se détendent sous le froid de la mort et sa vie indignée s'enfuit avec un gémissement chez les ombres je vous assure qu'il y a un article fameux à faire sur virgile avec des considérations captivantes sur l'actualité des harpies corps de vautour griffes de chiennes du grec harpazô ravir la sombre la tourbillonnante la rapide et puis sur saturne père de junon elle-même sœur en même temps qu'épouse de jupiter vous vous en souvenez sûrement junon la saturnienne reine des dieux héra particulièrement susceptible ou encore neptune poséidon pluton sans oublier au passage hébé ajax ganymède iris diomède l'ensemble inspiré par calliope bien entendu la muse à la belle voix attributs d'épopée les tablettes le style tout ça plein de meurtres en série un vrai thriller à l'antique flopées de cadavres comme s'il y avait une jouis-

sance particulière à mourir bien sûr comme si
les ordures jetées là n'étaient que des torses brill-
lant un moment dans le serpentin vomissure
non non une autre fois pour virgile d'abord les
dinosaures c'est bon pour la vente les dinosaures mais les erinnyes aussi monsieur le directeur les fonctionnaires de l'enfer allecto tisi-
phone mégère les furies toute la troupe de
l'épilepsie biologie et aphrodite avec son myrte
au feuillage odorant persistant ses belles fleurs
rouge et blanc non non les dinosaures j'ai dit ça
suffit remarquez que je pourrais aussi expliquer
comment nous parvenons par similitude rayon-
née comme par similitude expressive par combinaison de la forme de l'acte de la matière et de
la puissance par l'entrelacement de l'accident et
de la substance à une rhétorique renouvelée
depuis les découvertes de la technique audio-
vision télé-audition nous parvenons dis-je à une
surprise massive des quatre sens médiévaux litté-
ral allégorique moral anagogique désormais
considérablement étendus d'où la nouvelle
série allant de l'hystéral phallégorique choral
ou pranagogique balayant tous les phénomènes
humains cosmiques intra-humains et extra-cos-
miques le sens hystéral vous plaçant par tourbillon contraction sur le chemin du milieu nel
cammin del mezzo là où la voix se comprend
enfin dans son media gorge à froid le sens phallégorique vertical en croix le sens choral musi-

cal en trois le sens prana rentrant groupé dans le souffle mais l'hystéral est bien entendu aussi l'itéral le mythéral viscéral le ritéral le citéral le latéral vitéral tandis que le phallégorique est en même temps ballégorique et catégorique cavalégorique empalégorique biblique thorique le choral lui ne dédaignant pas d'être aussi humoral mémoral rimoral spiral orchestral le pranagogique en plus nous introduisant sanscritiquement dans les merveilles du nirvanagogique hosannagogique les noces du canagoqique thanatagogique le tout dans la nébuleuse fanagogique de l'insaisissable managogique voici donc notre nouvelle cathédrale verbale bénie par bernini l'infini dont je ne répéterai jamais assez à quel point elle est ponctivée et non ponctuée la ponctivation étant une sorte de résurrection ravicale une aération cervicale sortie de la momification littérale c'est pourquoi nous parlons ici de ponctonation de débarquement d'intuition d'excès d'inondination de rafale faisant table rase des vieilles rédactions sans passion des vieilles péroraisons descriptions supputations d'intentions puisque nous sommes ici et ici seulement enfin dessous par-dessous toujours plus dessous en dessous soleil voix lumière écho des lumières soleil cœur lumière rouleau des lumières légère brûlante poussière flamme poussière lumière de poussière ouvrant sur la bouche noire en lumière et ainsi de suite de bouche en bouche à la bouche psaume 126 quand iahvé ramena les captifs de sion nous étions comme en rêve alors notre bouche s'emplit de rire et nos lèvres de chansons on s'en va en pleurant et en emportant la semence on revient en chantant rapportant les bouquets les gerbes et tout recommence psaume 118 ils m'ont entouré comme des guêpes comme un feu de ronces ils m'ont poussé pour m'abattre mais iahvé m'aide ma force mon chant il sera donc dit que vers la fin du vingtième siècle à l'heure de l'ordinateur individuel un homme ou plutôt ce qui reste d'un homme de la toute petite notion d'homme pressée empêchée contrée a relevé le défi s'est mis à dérouler de nouveau l'esprit de rythme en folie dans les années quatre-vingt vers quatre-vingt-dix et deux mille pour retrouver les six mille les cen- taines de mille à fond dans le mille tenant bon par conséquent dans la répétition et l'attente dans la grande tribulation tunnel de la transi- tion obligé de faire chaque jour les petits gestes du jour de subir les respirations du jour dans les jours sans espoir que les choses changent s'arrangent bien au contraire placé là pour suivre la dégradation décomposition jusqu'au bout jusqu'à son propre bout emporté par le torrent du dessous mais ouvrant les yeux malgré tout veillant dans son corps de mort là-dessous tout cela pour prouver simplement que rien

n'arrive vraiment que rien ne se passe pendant
que tout arrive et se passe pour que ce soit dit
au moins une fois là inscrit dans l'œil fixe
comme une bouche véhémente criante ramenée sans fin à l'œil fixe voilà une fois de plus
avec un profond soupir la porte s'ouvre à nouveau et tourne et fait jouer ses gonds sa char-
nière sa reliure de fer et on le reprend c'est vrai
le lourd accablant livre de fer avec ses longues
pages colonnes on le reprend on le reprend et
de nouveau la mémoire est là quand on appuie
sur la touche les voûtes sortent de leur nuit de
leur longue et funèbre nuit pleine de chuchotis
et de cris car ils ne reposent jamais vraiment
dans la paix c'est une barque de souffrance
tirant sur sa corde une très vieille barque rem-
plie d'ossements de gémissements il n'y a que
les vieilles et moi pour être là le matin pour
assister à ce tremblement romain du matin elles
confessent leurs fautes quelles fautes péché
d'exister de durer voyons c'est le moment de se
souvenir que l'âme doit s'élancer hors de toutes
choses corporelles car comme le fils est une
parole du père il enseigne à l'âme par une seule
parole qu'elle doit bondir au-dessus d'elle-
même et demeurer au-dessus d'elle-même
comme on la sent n'est-ce pas dans sa vie sans
fin de néant l'hypothèse est que dans cette seule
parole il a énoncé toutes choses qui lui sont
ainsi présentes à jamais si je pouvais résumer

toutes les pensées que j'aie jamais pensées ou
que je penserai jamais en une seule pensée je
n'emploierais à ce moment-là qu'une parole car
la bouche exprime ce qui est dans le cœur et le
cœur est branché sur la bouche fermée pour
nous sur la seule parole que nous sommes mais
que nous ne pouvons pas exprimer puisqu'elle
nous enferme dans la seule parole exprimée
j'ouvre les yeux je regarde quoi rien le mouvement du rouleau voilé des lumières voix
lumières point de cœur sortant hors du cœur en
effet l'hypothèse est qu'il existe beaucoup plus
d'anges que de grains de sable d'herbes de
feuillages et si toutes choses sont nouvelles en
lui hors du temps le fils est engendré par le père
comme s'il n'avait jamais été engendré flux et
reflux insondable plaisir du reflux et comme on
peut mourir de peur avant la mort on peut aussi
mourir de joie dans cette joie-là rien n'est plus
interdit pourtant que ce ruissellement de feu
dans la joie je rentre maintenant je m'endors
dans la joie qui flotte au-dessous de moi je ne
sais pas combien de temps je pourrai rester
comme ça dans la joie c'est une question qui
m'échappe une hésitation avec laquelle je
m'échappe elle me donne son corps de tête son
retournement de cerveau en tête comme si
l'image du cerveau entraînée dans la chute en
tête en sous-tête me rejoignait m'annulait me
laissait là dormant dans ma tête bon je suis une

dendrite à présent un sceau un mystère d'ironie vivant elle va venir maintenant la petite salope à heure fixe celle que j'ai louée ces temps-ci pour continuer le récit elle va venir pour m'aider à traverser la rouge en souplesse elle va sonner d'une minute à l'autre je l'attends je pense à la soie chauffée de ses fesses je lui ai demandé de bien sentir ses jambes toute la journée dans ses fesses elle sait comment elle doit entrer se précipiter tendre la bouche immédiatement viande lèche elle doit projeter qu'elle est dans une boucherie une charcuterie un supermarché porcherie elle va droit au morceau préparé pour elle dans le sac sanglant à débris ça la dégoûte bien sûr ce rituel cochon ces manies elle est brune ramassée rapide elle a ses mains elle commence à exister par ses mains poignets bouts des doigts ongles rouges sur les couilles durcies sous phalanges elle sait ce qu'elle doit faire et comment et comment de nouveau pourquoi et comment je lui demande de parler à voix haute maintenant dans la chambre de bien dire pourquoi et comment et pourquoi de nouveau à cause de qui et de quoi comment et vraiment comment je regarde le foutre qui a glissé de sa fente sur le bord du fauteuil où je viens de la prendre elle est allongée sur le lit je la branle bouton fesses à l'air offerte à l'air par-derrière je suis à genoux sur le lit elle ne me voit pas elle est enfouie dans son rond d'enfance elle tord ses mèches noires pendant qu'elle jouit elle tresse ses cheveux près de son oreille en laissant venir son mouillis je la pousse en la chuchotant je regarde toujours le filet de foutre tomber lentement visqueux sur le coin feutré du tapis l'image du cerveau cire dans les fibres blancs d'œuf du tapis et voilà elle replie les jambes maintenant se retourne rit sourit elle s'en va c'est le jour où je recommence à écrire à reprendre en main le volume cerveau à replis c'est le jour où j'interromps de nouveau ma vie l'illusion de vie dans la vie quel silence tout à coup quelle magie foncée de silence il est là de nouveau en moi le visiteur de mon moi horsmoi il est là il me fait l'amitié d'être là le revoilà donc précis favorable comme un musicien à l'arrêt comme un acrobate penché comme un acteur nô sur le seuil de sa maison jardin vide fraîcheur des tempes et des yeux silence de l'eau dans les yeux comme c'est léger le retour de l'axe à son axe où étiez-vous où vous cachiezvous que faisiez-vous pendant ces longs mois loin de nous les choses ont changé non les choses ont beaucoup changé elles ont quand même changé non vous ne pensez pas vraiment pas écoutez voilà une question qui m'échappe j'ai toujours l'impression que nous sommes ici pour tourner en rond je voudrais que ces lignes soient lues un jour par quelqu'un qui sent violemment la même chose la même idiotie joyeuse morose avec ses milliards de formes de noms s'évanouissant dans l'informe au cœur du sans-nom mais vous savez bien que c'est impossible à lire une fois de plus votre truc là sans ponctuation sans raison le président me l'a encore dit tout à l'heure ah celui-là on le reconnaît au coup d'œil rien qu'en ouvrant un œil sur une page offerte au clin d'œil on le reçoit immédiatement dans l'œil il vaut mieux d'ailleurs le tenir à l'œil la république de l'œil ne nous pardonnerait pas de ne pas avoir ouvert l'œil de ne pas avoir écarquillé notre œil jusqu'aux extrêmes limites du triangle sacré dans son œil dont nous portons officiellement et légalement le deuil le cercueil à propos duchnock n'oubliez pas mes gouttes pour l'œil rappelez-moi bien de les mettre après mon dîner avec l'ambasseur d'uruguay libéré juste après la cérémonie de jumelage entre montevideo et palaiseau le rêve de mon septennat la justification de mon sommeil de pierre au sommet caveau de l'état en effet le président était mort et ne le savait pas comme tous ceux en réalité dont il a la charge les français vous connaissez les français drôle de peuple en vérité le plus spectral de l'histoire le plus cataleptique le plus pétrifié solutrifié le plus fabuleusement enfoncé dans la rétine outrée des ténèbres le plus guichet du funèbre élevé dans le respect scolaire du couperet direct en moelle écrasée tous les hommes naissent décapités de naissance et n'arrêtent pas de mourir égaux dans la fraternité du tranché on ne dira jamais assez je vous jure la désolation qui règne ici dans cette région du géré ou ne fera jamais comme il convient la mise au point nécessaire il n'y a pas de système nerveux assez fort pour ça suffisamment réservé pour ça décidé à tout dur farouche personne ne pourra se sacrifier à ce point s'obstiner se tendre à ce point avant de crever comme tous les autres dans la douleur pure la métempsycose à lémures non ce n'est pas possible personne n'a envie de donner sa vie pour établir le constat signer son refus crachat et pourtant voilà je l'écris ici en toutes lettres bien lisiblement il me semble on ne peut pas être plus net plus clair ne faites pas semblant de n'avoir pas lu vous avez parfaitement compris et bien vu je dis non et encore une fois non trois fois non comme autrefois comme toujours depuis que je suis né dans le non j'ai retrouvé toute ma jeune et vieille électricité pour dire non dix milliards de fois non et non le revoilà le vieux fanatisme vrai non guéri celui des pires moments et des cris j'ai pris sur moi la souffrance la déchirure l'humiliation la plus grande et je lui ai dit non je ne la décrirai même pas je ne me ferai même pas valoir avec ça vous n'entendrez pas mon hurlement vous ne l'aurez pas en payant alors quoi vous avez l'air content de vous ravi vous êtes quoi un imbécile heureux un esprit voilà vous l'avez dit rien ne me manque je n'ai besoin de rien de personne le malheur humain me fait rire la mort me fait rire j'attends une petite salope tout simplement maintenant sa bouche sa peau son cul son parfum ses doigts sensibles savants voilà c'est écrit là lisiblement il me semble qu'un jet de foutre vaut pour toute l'aventure et tout l'univers de l'aventure est-ce qu'on l'a déjà dit à votre avis aussi lisiblement posément est-ce qu'on l'a déjà déclaré comme ça aussi carrément je répète un jet de foutre vaut pour toute l'aventure et tout l'univers pourri de la prétendue aventure il ne faut pas avoir peur de se répéter sur une pointe d'épingle désormais au point où en est l'insondable médiocrité de la représentation différée un spasme de foutre une souple éjaculation de foutre valant pour le cosmos tout entier pour l'ensemble présent avenir passé des acteurs issus des spermatozoïdes intégrés je larme là dans ma petite salope offrant bien ses fesses au rituel fasciné à la messe noire toujours plus messe et plus noire de la vérité révélée elle m'attend la tête plongée dans les coussins verts elle tend bien son cul à l'air à la caresse de l'immobilité mangée d'air je lui demande de répéter sa journée ses moindres pensées tous ses minuscules mensonges degré par degré elle atteint comme ça une sagesse incompréhensible sa famille doit s'étonner qu'elle soit souvent renfermée rêveuse un peu triste un peu amusée quand même ni vraiment gaie ni réellement déprimée au cœur des vanités des journées il n'y a rien d'autre entre nous sinon certaines lectures rien non vraiment rien que la répétition de cette série d'actes de gestes précis dans notre acte le péché même en parole en acte le sublime péché béni oublié l'impardonnable l'absolument condamnable du point de vue de la justice humaine entendons-nous la divine s'en fout comme nous et en réalité je me demande en réalité comment ils ont pu croire en un monde consistant matière dans ce flux continu des mondes plus petits que l'infiniment petit sans répit vide et petit tout petit et toujours plus vide et petit marchant mangeant calculant parlant en surface avec leurs gueules de propriétaires cassées net par la mort qui les remplace au pied levé sans souci voilà notre expérience nous nous rapprochons toujours plus de ce point plosant dégluti ma petite salope et moi fonçant dans le creux froncé interdit elle m'aide beaucoup elle me sert beaucoup elle m'encourage beaucoup je peux même dire que je l'aime en donnant enfin à ce mot son vrai sens d'atome ébloui sa quantité mesurable sa couleur cellule avertie je lui ai demandé d'avoir un programme serré durant sa semaine de bien penser à moi dans les sales détails de l'hygiène de me mettre en elle aux cabinets sur son bidet dans son cou en se démaquillant le soir tiède avant de se toucher sur son lit je veux être sans cesse avec elle je veux qu'elle me sente partout comme son vampire abruti ça la trouble de me rendre idiot de me sentir porc chien valet paltoquet l'essentiel étant l'émotion petite quantité petite quantité petit choc petite quantité choc sur choc à nouveau petite quantité jusqu'au parfum qualité qui finit par couvrir tout ça de son ombre eau sauvage huile firmament des plaisirs cachés toujours plus loin plus près plus feu plus discret jusqu'où irons-nous jusqu'où glisserons-nous le paysage des valeurs s'effondre rien n'approche du moment où je la soulage où elle se convulse et décharge en gémissant qu'elle m'adore c'est bon chéri c'est fou c'est merveilleux c'est rêvé au revoir à la semaine prochaine même jour même heure même état de nerfs même effet voilà j'ai tout dit adieu le reste n'est rien et pour cause mais non mais non je n'ai pas tout dit cette blague et d'ailleurs je m'aperçois seulement que je n'ai rien dit de nouveau le paysage revient soleil voix lumière écho des lumières moi dessous dessous maintenant toujours plus dessous par-dessous lueur virtuelle produite par sa propre apparition miroitement de l'obscurité où scintille le feu pur diamant horloger survivance et joyau de la nuit éternelle planqué dans mon coin mon sacré coin de ténèbres puisque

je suis là pour compter le noir son algèbre
m'enfoncer m'imprimer toujours plus loin dans
son rien me voici donc de nouveau jour des
rameaux près du lac intérieur bleu écoutant la
radio à droite motets josquin des prés envoyant
les mots droit dans l'eau croyez-vous que j'ai
autre chose à demander à vouloir sérieusement
pour qui me prenez-vous par qui me remplacez-
vous trêve de plaisanterie maintenant dés sur
table le vent a repris gauche-droite le souffle
inné domini j'ai mis mon blouson à col de four-
rure je vois la rosée briller sur les murs attablé
ici devant l'océan la main déjà tachée d'encre
attachée à faire du bleu avec l'invisible noir du
courant   les   rameaux   ma   fête   préférée
aujourd'hui comme hier demain comme après-
demain dans les siècles des siècles tombant dans
les siècles passagers triomphe éphémère acquis
du tout-dit je me souviens hosanna on agitait les
lauriers bénis dans l'église le soleil brillait sur le
grand parvis semaine sainte heures de la passion
rideau pourpre déchiré du temple convulsion
voulue sous les cris gloria patri et filio et spiritui
sancto sicut erat in principio et nunc et semper
tant qu'il restera une voix pour chanter des
oreilles pour écouter ça mes lignes auront un
sens au cœur du sabbat mois d'avril flammé
dans les bois bourgeons feuilles fleurs pâque-
rettes lent retour de l'air hors du froid sève de
l'ombre travail infernal des ombres écume de

toute la mort comprise venant redire son pourquoi je reste là je ne bouge pas je peux sentir
couler tout l'après-midi dans mon bras pour
quelques heures d'apparition sous cette forme
dite humaine combien d'autres possibles dans
une autre version hors d'ici c'est toujours ce
qu'on se demande n'est-ce pas et avec raison en
se réveillant parfois au bord de la solution du
combat mais non mais non pas de lutte ou
d'enjeu pas de guerre justifiée ou non pas
d'éclat rien de rien simple répétition d'être là
gratuité sans fin bracabra sauf les liens du sang
naturellement seule histoire unique épuisante
histoire règlement du poids sous la loi une fois
ce point éclairci d'ailleurs c'est comme si on
avait disparu à jamais balayé tiré annulé sur
place lac intérieur bleu odyssée début du
chant 3 le soleil levant monte du lac splendide
pour éclairer les dieux au ciel de bronze ainsi
que les mortels sur notre terre aux blés on offre
sur la plage de noirs taureaux sans tache en
l'honneur de celui qui ébranle le sol du dieu
coiffé d'azur et ainsi de suite mélange des éléments passions ruses liées aux égarements aux
égorgements chemin du retour cherché à travers les vagues et les veines mais retour vers quoi
vers qui y a-t-il encore un quoi et un qui la
lumière a baissé maintenant elle commence à
mordre le secrétaire tandis que l'océan tapant
sur le sable enveloppe l'horizon comme un

lourd tympan menaçant peut-être suis-je conçu entendu dans ce bordel tonne peut-être suis-je perçu répondu comment savoir quand tout s'en va dans la gifle du néant surprise quand tout est brisé sans fin malgré la prétention à connaître les suites et les fins bon monsieur va avoir sa ligne maintenant son bout de ligne en piqûre le voilà piquant du nez sur ses lignes là directement dans le blanc poudreux et son creux desiderium sinus cordis retrait cavité nasale et tombale il va tout respirer à la fois le monsieur les pages froissées le papier il va s'en faire une avenue le monsieur un grand chemin frais ombragé boulevard de l'océan voilà on y roule museau tenu frémissant si le monde était fumée nous le connaîtrions par le nez nous l'écririons dans l'air tout de suite avec nos narines voilà voilà tous les livres sentis reniflés beaucoup mieux lus en réalité nouveau rush nouveau cœur enfin sorti de sa coque œuf brisé dans son coquetier trois minutes le matin bouillant sec d'emblée je l'avale en regardant par la fenêtre le bateau à l'ancre on va s'embarquer dans dix minutes on va dériver virer on va cingler la journée puis retour ici ciel tombé bleu-noir dans la crique tout un jour sur la mer blanchie manuscrit la nuit mille nuits oui c'est là c'est au fond du noroît qu'apparaît ma langue de terre la plus basse laissant à l'est et au midi les autres îles couchant dans le vent c'est là qu'est mon

sommeil mon esprit mon sang là tout près de là
au large de là par-delà ou encore dessous par-
dessous toujours plus dérobé plus caché de plus
en plus replié discret sans cesse en train d'écouter de monter voler soleil cœur point cœur
point de cœur passant par le cœur avec le temps
donc vous verrez ça avec le temps donc grâce au
cœur du temps donc toujours plus vibré dans
son temps eh oui il faut simplement finir par
préférer le temps à soi-même par désirer le
temps pour lui-même par le vouloir d'un coup
d'un seul coup dans une grande respiration
hors du tout par s'abandonner par se répéter
par se vomir même comme un obstacle à la
leçon du temps qui sait tout qui finit par révéler
tout dans les moindres recoins du problème il
suffit d'un peu de temps de beaucoup de temps
d'une éternité de temps avalée à temps pour se
mettre au cœur du baptême là où vous avez été
sauvé d'exister racheté en solde au marché mon
dieu comme c'est troublant cette pincée de sel
attrapant l'oiseau dans ses rêves cette goutte qui
vous dissout comme un mauvais rêve cette
poudre cette huile à casser la chaîne endiablée
nerfs tendons foie poumons intestins squelette
accablant cerveau d'ève mollesse pérorante
adaptée d'adam pommadant pomme de rainette et pomme d'api tapis tapis rouge pomme
de rainette et pomme d'api tapis tapis gris bref
il faut se brûler comme on a été enfourné il faut

se liquéfier comme on a été pétrifié il faut se
défiler comme on a été tressé sur les planches
plus on est marin mieux on sort de la loi des
reins et c'est sans doute pourquoi le personnage
essentiel vous savez lequel préférait les pêcheurs
leurs filets leurs barques leurs peurs rendez-vous
de poissons grillés sur les plages signe de jonas
et il y a plus ici que jonas que voulez-vous un juif
navigateur voilà un événement dans la tranche
c'est normal en somme que le temps s'y soit fait
un calendrier pour prier se tirer du fond des
durées tout cela marchant souplé sur les eaux
partageant les eaux et les eaux les visibles et les
invisibles les dicibles et les impassibles comme
un livre enfin ouvert blanc sur blanc sans rien
d'écrit pas le moindre texte à la base juste
quatre réflecteurs du récit pour marquer
l'absence d'écrit non pas un texte écrit donc
mais un corps écrit contre-écrit vrai corps de
vrai corps affirmé ici rien qu'ici pain et sang
nouvelle éternelle alliance depuis l'arche obs-
cure et le bout du cri circoncis de telle façon
qu'il n'y ait plus qu'un corps et un sang et une
seule parole donnant la parole et que tout soit
éclairé sans fond sans réserve de fond par le
fond et que tout soit rassemblé dans un seul jail-
lissement d'invocations de supplications de glo-
rifications laudations et qu'ainsi la lourde et
souffrante horrible et terrible histoire humaine
soit immergée dans une légèreté souterraine en

nullité surhumaine puisqu'elle jouit aussi et rit sans raison à travers l'innocence en respiration reste immobile petit crois-moi reste longtemps immobile et tu verras et tu entendras et tu sauras tout d'ici-bas comme si tu étais dans ton cercueil là-bas sous les dalles place retenue près du pilier gauche où on joue pour toi le gloria l'orgue a repris ton dépôt peu importe de qui sont les doigts prélude et fugue à nouveau préludes savants et leurs fugues vous n'avez que ça à dire oui chaque matin chaque soir chaque dimanche et fête et bonsoir gloria in excelsis deo hiver comme été pluie vent grêle neige ou soleil chaleur sueur fleurs bouquets nous te louons nous te bénissons nous t'adorons nous te glorifions nous te rendons grâce pour ta gloire immense et l'immensité de notre péché pardonné et ainsi de suite à nouveau dans la suite poésie serrée hors des suites puisque la muse assemble l'or avec l'ivoire blanc et la fleur de lys qu'elle a soustraite à la rosée marine néméenne 7 pindarus dixit la rosée marine c'est-à-dire le corail rouge donc jaune blanc rouge le premier des biens est l'eau première olympique là-bas là-bas par-delà la fière lumière dorée d'autrefois ah les grecs dites-moi les grecs où sont-ils de nouveau passés les grecs capturés par les allemands pseudo-grecs vous allez me libérer les grecs là une fois de plus plonger dans leur alphabet délié où chaque lettre a l'air d'une

boucle au milieu des cordes à bord bien tirées
passez-moi vite ça dans l'écoute dans les écou-
tilles sur la mer vineuse écumante dans nos rou-
lements d'odyssée il ne faut parler des grecs
qu'en bateau une fois tendus les cordages uniquement avec celui qui a fait la preuve de son
agilité à barrer vent debout tenu vent arrière
corps jeté rappel pour contrecarrer la giflée et
ainsi le vaisseau court sans secousses et sans
risques et l'épervier le plus rapide des oiseaux
ne le suivrait pas cale-toi bien maintenant me
dit laurie seize ans rayonnante cheveux blonds
yeux bleus visage moqueur d'athéna c'est ma
sœur ma nièce ma fille ma petite-fille on
s'amuse comme ça tout l'été dans le creux brûlant de juillet elle est nette lucide elle est intré-
pide elle m'emmène dormir au large elle
embrasse mon front fatigué elle passe sa langue
de sel sur mes joues dans mon cou elle cherche
bravement ma bouche mes lèvres c'est son aventure de vacances c'est son secret pour plus tard
sa chance elle a lu que les dieux se mariaient
entre eux frère et sœur et pourquoi pas père et
fille oncle et nièce grand-oncle et petite-nièce et
pourquoi pas tout de suite dans le mouvement
que j'ai dit loin des rives loin des lois valant
pour les rives je ne dis ni oui ni non je la laisse
souffler saliver désarmer le bateau plonger se
baigner revenir à moi nue mouillée se rouler
sur moi me lécher tout ça est fait pour l'oubli

125

pas de traces fumée sans durée vibration sillage noyé dis-moi que nous sommes des dieux me dit-elle hein nous sommes des dieux tu vois bien et elle rit elle change de sujet elle revient aux petites choses de sa vie courante aux études on mange des citrons je lui corrige spinoza sur le pont j'ai soigneusement fait l'effort devant les actions humaines de les comprendre de m'en moquer de les détester mais jamais de m'en plaindre tu crois que je peux dire ça au prof dit laurie bien sûr dis-je mais sans dire que ça vient de moi il le saura dit-elle tu nous fais assez d'ennuis comme ça avec tes romans pornos et à nouveau de me mordre de m'embrasser tendre-ment les yeux de me prendre à fond dans ses bras ô vieillesse amie et bénie ô salaire d'une jeunesse qui n'a jamais cédé sur sa vie fortune je t'ai dépassée j'ai barré tes portes nous ne bat-trons pas en retraite ni devant toi ni devant d'autres circonstances et lorsque la fatalité nous expulsera nous cracherons sur l'existence et sur ceux qui y sont englués puis nous chanterons magnifiquement notre vie passée épatant dit laurie de qui est-ce épicure sentences vaticanes ah bon dit laurie vaticanes pourquoi vaticanes et ainsi de suite bavardage sur l'eau bleu manet vous savez d'où ils rentrent ces deux-là avec leurs chapeaux homme et femme de quelle pro-menade de quelle randonnée passionnée vous savez où il va se rendre ce jeune homme au canotier d'or déjeuner dans l'atelier avec ses armes de la prise d'ilion à sa gauche vous savez vraiment ce que dit l'olympia l'asperge musique aux tuileries bal masqué à l'opéra ou nana l'indifférence de manet est l'indifférence suprême celle qui sans effort est cinglante celle qui scandalisant ne daignait pas savoir qu'elle portait le scandale en elle ainsi la subtilité d'un jeu ne devait plus représenter que le jeu lui-même au sommet du subtil ce qui est aujourd'hui sacré ne peut être proclamé ce qui est sacré est désormais muet ce monde-ci ne connaît plus qu'une transfiguration intérieure silencieuse négative il m'est possible d'en parler mais c'est parler d'un silence définitif et c'est bien ainsi que nous rentrons à la nuit tombée laurie et moi plus fermés que les chats régnant sur l'antique et invisible palais du silence et voici comment j'ai toujours vingt ans le temps d'une traversée de gala mais non pour l'instant nous sommes toujours à pâques comme si c'était toujours le même dimanche de pâques clair et froid le 10 avril 1300 par exemple pourquoi le 10 avril 1300 dit laurie penchée sur mon épaule en fin d'après-midi vers sept heures comment tu ne sais pas ça le début du purgatoire voyons mais quel purgatoire celui de la comédie voyons oh toi toujours avec dante est-ce qu'on n'est pas bien en 1986 ou 88 ou 90 ou 2086 on s'en fout non et toujours à me mordiller

l'oreille le cou pour m'empêcher d'écrire ici
même pour qu'on aille de nouveau s'embrasser
sur le divan jaune au fond de la pièce déjà noire
de plus en plus noire laisse-moi laurie dis-je on
verra après dîner mais non tu as déjà assez tra-
vaillé viens que je te goûte un peu que je te respire je t'aime mais est-ce que tu te rends compte
de ce que tu fais dis-je hypocrite farceur dit-elle
qui écrit des choses pour exciter et qui ensuite
hésite à entrer dans la réalité je décide le vingt
et unième siècle dit-elle et tous les autres siècles
avec et toi tu seras mort sans doute quand
j'aurai ton âge adorable vieux con de mon con
pas sûr dis-je dans trente ans je serai peut-être
encore un vieillard fameux vitreux majestueux
gâteux redoutable et toi une simple mémé désa-
busée tout usée là-dessus elle me tire les cheveux s'agenouille m'attaque au sujet pendant
que je continue à tracer ce qui suit vraiment ce
qui suit supposons que je m'appelle pétrarque
maintenant dis-je va pour pétrarque dit laurie tu
ne me fais pas peur tu peux être qui tu veux
quand tu veux la poésie c'est moi si tu veux si je
veux je suis ta muse si ça m'amuse bon dis-je
continuons mais surtout pas un mot ils sont tellement jaloux ils croiront encore que je frime tu
me fais frissonner hugo non pas hugo chérie je
t'en prie et pourquoi pas hugo dit laurie on fête
justement ces temps-ci le centenaire de sa barbe
tout cela m'a l'air suspect je veux aller directe-

ment à la source de la création à la critique des sources j'en ai assez des conventions des célébrations petit démon dis-je c'est un crime et comment dit-elle remarquez bien que ma main ne tremble pas que je poursuis malgré tout équerre et compas que ces lignes ici même ne sautent pas ne se troublent pas et quant à la ponctuation si ça vous travaille à ce point vraiment à ce point mettez-la vous-même la mort est une catégorie de l'être et pas du néant et comme l'être lui-même n'est qu'une dimension fugitive de l'infini qui s'identifie à chaque instant au néant il faut dire que c'est le néant qui jouit dans tout être alors que la mort est ce qui arrive naturellement à l'être en dehors de son point de jouissance infini tu comprends dis-je à laurie si j'arrive là en te regardant bien dans les yeux et en sachant que tu n'éprouves rien que tu es vraiment de l'autre côté dans lequel cependant je rentre si j'arrive malgré tout à jouir en voyant ton indifférence ta froideur pendant que je suis en toi malgré toi si je parviens à bien t'envoyer ça au visage comme toi-même tu me le renvoies alors voilà on aura tout vu et connu tu es quand même bizarre dit-elle tu ne crois pas que l'amour est fait pour fusionner communier et moi l'amour oui peut-être mais pas l'acte précis en lui-même au contraire il consacre la désunion la séparation la non-communication drôle d'idée dit laurie vraiment inhumaine viens lui

dis-je viens mon ange viens viens n'aie pas peur
entre ici dans mon paradis aussitôt dit aussitôt
fait la posture se défait on passe aux toilettes le
soleil brille encore à travers les rideaux coulées
jaunes sur le parquet chaleur du bois sous les
pieds je regarde au large si la marée monte si la
barre bleue est visible à l'horizon dans le fond
non non pas encore laurie veut dormir un peu
je la laisse je sors c'est l'été maintenant l'été
bleu et blanc avec les papillons partout sur le
gazon sous les arbres et les roses sont là et les
marguerites sont là elles aussi et tout est là et
bien là en train de passer de midi à l'ombre et
de nouveau de la nuit au frémissement du
matin gardant son goût velours des soirées pas-
sées dans le vin c'est l'été c'est le grand été au
présent parfait et il n'y a rien à demander
d'autre que cette vérification du corps par l'été
chaque fois en profondeur sous la peau les
muscles les rêves une fois encore sur le sable en
plein dans le sablier laurie va acheter les journaux au village et les journaux vont finir dans le
sable comme s'ils n'avaient jamais existé et l'un
d'eux raconte peut-être en dix lignes la paru-
tion de paradis 2 vous savez ce truc sans ponctuation milliers de grains noirs serrés illisible
absolument illisible on n'a jamais vu ça sur la
liste des best-sellers n'est-ce pas non et je pré-
fère vous dire que puisque ça n'y est pas ça n'a
aucun poids d'autant plus que les vrais amateurs

ceux qui s'y connaissent en hermétisme en poésie en ésotérisme et autres tirages limités de
qualité ont horreur de ça donc n'est-ce pas ce
n'est rien absolument rien vraiment rien la télé-
vision reste allumée dans un coin vous pouvez y
aller et dire simplement ce n'est rien écoutez-
moi ça par exemple le soleil plonge et l'ombre
vient on s'étend le long des amarres puis quand
au matin paraît l'aurore aux doigts de rose on
prend le large le préservateur envoie la brise
favorable on dresse alors le mât on déploie la
voilure blanche le vent gonfle la toile en plein et
tandis qu'autour de l'étrave en marche le flot
bouillonne et siffle bruyamment la nef va son
chemin courant au fil de l'eau vous voyez bien
n'importe quoi du pur remplissage l'aurore aux
doigts de rose la nef le flot sifflant bruyamment
on est reparti en mer laurie a mal à la gorge on
rentre elle est triste voilà l'orage et la pluie avec
les éclairs zébrant déchirant explosant partout
dans la nuit et puis tout change à nouveau
calme plat sphère éclat transparence en haut
des étoiles deux heures du matin je fais un signe
de croix en traversant les rosiers du jardin
plante des pieds nus pas de bruit surtout léger
souffle retenu en soi loin de soi un signe de
croix oui comme ça dans l'air noir couronnant
le tout qui s'en va c'est le signe qui va rester suspendu là maintenant pétales ici pas de doute
bouche ouverte signature ouverte soleil cœur

point cœur point de cœur crâné sous la croix et voilà tout se renverse d'un coup à nouveau le jour se lève enfin dans sa pointe océan poumons clé hautbois le bleu revient il revient le bleu pas croyable il est là buée dans le rouge en gris jaune en bas vox tubae vox suavi vox éclats petits mots mutants dans l'échelle et elle est là une fois encore dressée mon échelle bien légère et triste et bien ferme très joyeuse et vive et bien ferme veni sancte spiritus tempus perfectum tactus ciel et terre pleine de l'énergie en joie d'autrefois

DU MÊME AUTEUR

Aux Éditions Gallimard

FEMMES, *roman* (Folio n° 1620)

PORTRAIT DU JOUEUR, *roman* (Folio n° 1786)

THÉORIE DES EXCEPTIONS (Folio essais n° 28)

PARADIS 2, *roman*

LE CŒUR ABSOLU, *roman* (Folio n° 2013)

LES SURPRISES DE FRAGONARD

LES FOLIES FRANÇAISES, *roman* (Folio n° 2201)

LE LYS D'OR, *roman* (Folio n° 2279)

LA FÊTE À VENISE, *roman* (Folio n° 2463)

IMPROVISATIONS (Folio essais n° 165)

LE RIRE DE ROME, *entretiens*

LE SECRET, *roman* (Folio n° 2687)

LA GUERRE DU GOÛT

LE PARADIS DE CÉZANNE

Aux Éditions Plon

LE CAVALIER DU LOUVRE (VIVANT DENON)

CARNET DE NUIT

Aux Éditions Quai Voltaire

SADE CONTRE L'ÊTRE SUPRÊME

Aux Éditions de la Différence

DE KOONING, VITE

Aux Éditions 1900

PHOTOS LICENCIEUSES DE LA BELLE ÉPOQUE

Aux Éditions du Seuil

Romans

UNE CURIEUSE SOLITUDE (Points-romans, n° 185)

LE PARC (Points-romans, n° 28)

DRAME (L'imaginaire-Gallimard n° 227)

NOMBRES

LOIS

H

PARADIS (Points-romans, n° 690)

Essais

L'INTERMÉDIAIRE

LOGIQUES

L'ÉCRITURE ET L'EXPÉRIENCE DES LIMITES
SUR LE MATÉRIALISME (Points, n° 24)

Aux Éditions Grasset, collection *Figures* (1981)
et aux Éditions Denoël, collection *Médiations*

VISION À NEW YORK, *entretiens*

Préfaces à

Paul Morand, NEW YORK, *G F Flammarion*

Madame de Sévigné, LETTRES, *Éd. Scala*

FEMMES, MYTHOLOGIES, en collaboration avec Erich Lessing,
Imprimerie Nationale.

COLLECTION FOLIO

*Composition Euronumérique
et impression Bussière
à Saint-Amand (Cher), le 2 octobre 1995.
Dépôt légal : octobre 1995.
Numéro d'imprimeur : 2533.*

ISBN 2-07-039351-8./Imprimé en France.